当我谈跑步时,我谈些什么

当我谈跑步时，
我谈些什么

〔日〕村上春树 著

施小炜 译

新经典文化股份有限公司
www.readinglife.com
出 品

目 录
Contents

作为选择对象的磨难 /1

第一章 / 2005年8月5日　夏威夷州考爱岛
谁能够笑话米克·贾格尔呢 /5

第二章 / 2005年8月14日　夏威夷州考爱岛
人是如何成为跑步小说家的 /31

第三章 / 2005年9月1日　夏威夷州考爱岛

在盛夏的雅典跑第一个四十二公里 /59

第四章 / 2005年9月19日　东京

我写小说的许多方法，
是每天清晨沿着道路跑步时学到的 /83

第五章 / 2005年10月3日　马萨诸塞州剑桥

即便那时的我有一条长长的马尾辫子 /105

第六章 / 1996年6月23日　北海道佐吕间湖

已经无人敲桌子，无人扔杯子了 /125

第七章 / 2005年10月30日　马萨诸塞州剑桥

纽约的秋日 /149

第八章 / 2006年8月26日　神奈川县海岸的某座城市

至死都是十八岁 /165

第九章 / 2006年10月1日　新潟县村上

至少是跑到了最后 /185

在世界各地的路上 /210

作为选择对象的磨难

有一句箴言说,真的绅士,不谈论别离了的女人和已然付出去的税金。此话其实是谎言,是我适才随口编造的,谨致歉意。倘若世上果真存在这么一句箴言,那么"不谈论健康方法"或许也将成为真的绅士的条件之一。我想,真的绅士大约不会在大庭广众之下,喋喋不休地谈论自己的健康方法。

一如众人所知,我并非真的绅士,本就无须一一介意这类琐事,如今居然动笔来写这么一本书,总觉得有些难为情。下面这话颇像狡辩,更令人惶恐:尽管这是一部谈论跑步的书,却不是谈论健康方法的书。我并非要在这里高谈阔论、振臂一呼:"来呀!让我们每天跑步,永葆健康吧!"归根结底,这些都不过是思索的片段，抑或自问自答——对我个人而言，坚持跑步究竟有何意味。仅此而已。

萨默赛特·毛姆写道："任何一把剃刀都自有其哲学。"大约是说，无论何等微不足道的举动，只要日日坚持，从中总会产生出某些类似客观认知的东西来。我也衷心地想对毛姆的观点表示赞同。所以作为一个写作人，抑或作为一个长跑者，就跑步来写些个人的点点滴滴，还以公开出版的形式发表出来，也算不得太过离经叛道。这恐怕是一种颇费功夫的性格：一个不写成文字就无法顺利思考的人，想找寻自己跑步的意义，非得动手一个字一个字写出这样的文章才行。

有一次，我躺在巴黎的酒店客房里，阅读一份《国际先驱论坛报》。碰巧那报上刊登着对马拉松运动员的专题报道。采访了好几位著名的马拉松运动员，逐一向他们提问：在比赛途中，为了激励自己，是在心中怎样念诵一种咒语真言的？这个策划相当有趣。读了之后，我才恍然大悟，原来他们当真都在心中想着形形色色的事情，才跑完这42.195公里。全程马拉松就是如此苛酷的一种比赛，不念诵咒语真言，便无法坚持到最后。

其中一位选手，自从开始跑马拉松，每次比赛都要在脑中回味哥哥（此人也是一位长跑运动员）教给他的两个句子：Pain is inevitable. Suffering is optional. 这便是他的真言。其微妙的含义难以准确翻译，明知其不可译而硬译，不妨译成最简单的"痛楚难以避免，而磨难可以选择"。关键词是这个 optional。假如说，跑着跑着突然觉得"啊呀呀，好累人啊，我不行啦"，这个"好累人"是无法避免的事实，然而是不是果真"不行"，还得听凭本人裁量。我以为，这两句话简洁地归纳了马拉松比赛最重要的部分。

我下决心写一本关于跑步的书，说起来已是十多年前的事了。自那以后便苦苦思索，觉得这样不行那样也不成，始终不曾动笔，任烟花空散岁月空流。虽只是"跑步"一事，然而这个主题太过茫然，究竟该写什么，如何去写，思绪实在纷纭杂乱，无章无法。

然而有一次，我忽然想到，将自己感到的想到的，就这般原模原样、朴素自然地写成文章得了。恐怕舍此别无捷径。于是,从二〇〇五年夏天开始,零零星星地动笔写了起来,二〇〇六年秋天写完。虽然有一部分引用了从前写的旧文,但基本是将我"此时此刻的心情"不施虚饰地记录成文。诚实地书写跑步,某种程度上也就是诚实地书写我这个人。写到一半时,我忽然意识到了这一点。因此,将这本书当作以跑步为基轴的一种"回忆录"来阅读,也无甚大碍。

即使不足以称为"哲学",然而我想,这里面含有一些类似经验法则的东西。一些无甚大不了的玩意儿,却是我通过实实在在地运动自己的躯体,通过作为选择的磨难,极其私人地感悟到的东西。也许并不值得推而广之,但无论如何,这,就是我这个人。

2007 年 8 月某日

第一章 / 2005年8月5日
夏威夷州考爱岛

谁能够笑话米克·贾格尔呢

今天是二〇〇五年八月五日，星期五。夏威夷的考爱岛。北部海岸。晴空万里，爽朗得令人瞠目。纤云也无。此时甚至连云彩这一概念的暗示都不存在。七月底我来到此地，一如以往，租了一套公寓，早晨趁着凉快的时候伏案工作，比如说此刻便在写这篇文章，关于跑步的自由的文章。现在是夏天，当然很热。夏威夷每每被说成四季常夏，但毕竟位于北半球，四个季节大体一应俱全，相对而言夏天比冬天要热，不过与马萨诸塞州的剑桥那被红砖和混凝土重重包围、犹如拷问一般的闷热相比，此地舒适得简直有如天堂。根本不需要空调，只要打开窗户，凉爽的清风便自己吹进屋子里来。剑桥的人听说我要在夏威夷度过八月，都众口一词地表示惊讶:"分明是夏天,居然特地赶到那么炎热的地方去,莫不是有毛病?"他们并不知道,打东北方从不间断地吹来的信风,让夏威夷变得何等凉爽;他们也不知道,在鳄梨树那风凉的树荫下安闲地读书,兴之所至便去南太平洋的海湾里游泳,这样的生活让人感到何等幸福。

到了夏威夷之后,依然每天跑步。除非万不得已,一天也不间断地坚持。自打重新开始这样的生活,马上就两个半月了。今天早晨将录制了满匙爱乐队的《白日梦》和《满匙爱之歌》两张专辑的 MD 放进随身听,一面听着它,一面跑了一小时十分钟。

现在是坚忍地累积奔跑距离的时期,所以眼下还不必介意成绩如何,只消默默地花时间累积距离。想跑快点就适当地加速,不过就算加速也为时甚短,只想将身体感受到的愉悦尽量维持到第二天。其要领与写长篇小说一般无二。在似乎可以写下去的地方,果断地停下笔来,这样第二天重新着手时便易于进入状态。欧内斯特·海明威好像也说过类似的话:持之以恒,不乱节奏。这对长期作业实在至为重要。一旦节奏得以设定,其余的问题便可以迎刃而解。然而要让惯性的轮子以一定的速度准确无误地旋转起来，对待持之以恒，何等小心翼翼也不为过。

跑步途中，下了一场短暂的雨，那是一阵让身体恰到好处地冷却下来的雨。厚厚的云层从海面上飘来，遮蔽了头顶的天空，下了一阵细细的雨，便仿佛"俺还有急事要办"似的，就这么一去不返了，甚至来不及回眸一顾。于是那永恒的毫无遮拦的太阳又火辣辣地灼照大地。这简单易懂的天候中，你找不到难解之处和含混模糊，既无比喻亦无象征。途中遇到几位慢跑健身者，男女人数大致相当。这些脚踏大地、气宇轩昂、疾速奔跑的跑步者，望去仿佛有一群夜盗在身后追赶他们似的。也有双眼半睁半闭、边跑边呼哧呼哧喘气、两肩无力地下垂、一看便知苦痛不堪的肥胖跑步者，也许是一周前刚刚检查出了糖尿病，主治医师竭力劝告他们每天坚持体育锻炼。而我大概居于两者之间。

满匙爱乐队的音乐百听不厌，是那种不无谓地夸大自己的音乐。潜心倾听着这令人心平气和的音乐，二十世纪六十年代发生在我身上的形形色色的事情，便点点滴滴地苏醒过来。都是些鸡毛蒜皮的小事，倘若有人制作我的传记影片（仅仅想象一下便觉得毛骨悚然），则在剪辑阶段就会全部删除。"这个小插曲删掉也无碍，虽然还不错，不过太普通啦。"恐怕别人会这么说。没错，就是这种微不足道、比比皆是的小事件，在我而言却自有意味，是有用的回忆。也许我在回忆这种种琐碎时，会不知不觉地面露微笑，抑或表情严肃。于是，在这些比比皆是的鸡零狗碎的尽头，我方才有今日，方才滞留在这考爱岛的北海岸。思考人生时，我不时觉得自己只是一根被冲上海滩的漂流木。从灯塔方向吹过来的信风摇曳着桉树的梢头，沙沙作响。

自从今年五月末开始在马萨诸塞州的剑桥生活以来，跑步便再度成为我日常生活的一个支柱。我跑得相当认真。非要举出具体的数字加以说明，便意味着每星期跑六十公里，亦即说每周跑六天，每天跑十公里。本来每周七天、每天跑十公里最好，可是有的日子会下雨，有的日子因为工作太忙抽不出时间，还有觉得身子疲惫实在不想动步的时候，所以预先设定了一天"休息日"。于是乎，每周六十公里，一个月大约二百六十公里，于我而言，这个数字便大致成为"跑得认真"的标准。

六月一如这个计算标准，正好跑了二百六十公里。七月距离开始增长，跑了三百一十公里，每天不多不少十公里，连每周一次的"休息日"也不曾休息。当然，并不是说每天都一点不差地跑十公里，有时昨天跑了十五公里，那今天就只跑五公里得啦，平均起来是每天十公里罢了。而且依照慢跑速度，每跑一小时大致相当于十公里。在我来说，这个水平就是十分"认真"地跑了。来到夏威夷之后，也保持了这个一天十公里的节奏。接连不断地跑这么长的距离，是许久不曾有过的事情。

新英格兰的夏天，远比不曾经历的人想象的难熬得多。虽然也有凉爽的时光，不过令人难以忍受的炎热日子随即到来。有风吹拂的时候还算好的，一旦风儿停息，从海上便飘来雾一般的湿气，犹如潮湿的薄布缠裹住人。顺着查尔斯河河滨跑上一个小时，就仿佛用水桶泼过水，身上每样东西都被淋漓的汗水打得透湿。因为日晒，皮肤火辣辣地疼。头脑变得朦胧恍惚，无法完整地思考任何一件事情。可是当你不顾一切地坚持跑完，便觉得仿佛所有的东西都从躯体最深处挤榨了出来，一种类似自暴自弃的爽快感油然而生。

为什么从某一刻起,我不得不"认真地"跑步了?可以举出几项理由。首先,人生逐渐变得忙碌,日常生活中无法自由地抽出时间来了。并不是说年轻的时候时间要多少有多少,但至少没有如此繁多的琐事。不知何故,琐事这玩意儿似乎随着年龄的增长逐渐增多。再者,恐怕也有我的心思由马拉松移向了铁人三项比赛的缘故。众所周知,铁人三项赛除了跑步,还包括游泳和自行车两部分。我本来是一个长跑者,对跑步并不感到惧怕,可是想掌握另外两项比赛的技巧,则必须进行相应的训练。我从基础开始,矫正了游泳的姿势,学会了骑自行车的技巧,还重新锻炼了肌肉。这是费时费力的功课,因此削减了用于跑步的时间。

然而,我变得不太热衷跑步,最大的原因或许还是从某个时刻开始,对跑步有些厌倦了。我从一九八二年的秋天开始跑步,持续跑了将近二十三年,几乎每天都坚持慢跑,每年至少跑一次全程马拉松——算起来,迄今共跑了二十三次,还在世界各地参加过无数次长短距离的比赛。跑长距离原本与我的性格相符合，只要跑步，我便感到快乐。在我迄今为止的人生中养成的诸多习惯里，跑步恐怕是最有益的一个，具有重要意义。我觉得由于二十多年从不间断地跑步，我的躯体和精神大致朝着良好的方向得到了强化。

我不能说是一个适合团体竞技的人，好也罢坏也罢，生来便是如此。参加足球或棒球这类比赛（除了孩提时代，这样的经历几乎为零）总是隐隐感到不快。这也许和我没有兄弟姐妹有关，和别人共同参与的赛事，总是难以全身心投入。但像网球这样一对一的比赛，我也不怎么拿手。壁球是我喜欢的运动，可是一打比赛，不论是输是赢，我总是难以从容不迫。格斗技也非我所长。

诚然，我并非毫无争强好胜之心。但不知何故，跟别人一决雌雄，我自小就不太在乎胜负成败。这种性格在长大成人后也大致未变。无论何事，赢了别人也罢输给别人也罢，都不太计较，倒是更关心能否达到为自己设定的标准。在这层意义上，长跑才是与我的心态完全吻合的体育运动。

跑过一趟全程马拉松便会明白，在比赛中胜过或负于某个特定的人，对跑者来说并不是特别重要。倘若成了夺冠的热门选手，超过眼前的竞争对手便成为重要的课题。然而对参与比赛的普通市民来说，个人的胜负并不是重大话题。也许有参赛动机就是"我可不愿输给那小子"的人，这大约足以成为练习的动力。然而，那位竞争对手因故不能参加赛事的话，此人的参赛动机势必将告消失或减半，那么他作为一个跑者，就不可能长期坚持下去。

普通跑步者中，许多人都事先设定个人目标，比如这一次我要在多少多少时间之内跑完全程，然后再去挑战赛事。假如能在这个时间内跑完全程，就算达成了某项目标；如果未能跑出预期的成绩，就是未能实现某项目标。即便没能在预想的时间内跑完全程，只要有了业已尽力的满足感，或是为下次比赛奠定了基础，抑或有了某种类似重大发现的东西，大约也算大功告成。换言之，对长跑选手而言，在跑完全程时能否感到自豪或类似自豪的东西，可能才是最重要的。

同样的说法也适用于写作。小说家这个职业，至少对我来说是无所谓胜负成败的。书的销量、得奖与否、评论的好坏，这些或许能成为成功与否的标志，却不能说是本质问题。写出来的文字是否达到了自己设定的基准，这才至为重要，这才容不得狡辩。别人大概怎么都可以搪塞，自己的心灵却无法蒙混过关。在这层意义上，写小说很像跑全程马拉松，对于创作者而言，其动机安安静静、确确实实地存在于自身内部，不应向外部去寻求形式与标准。

跑步对我来说，不单是有益的体育锻炼，还是有效的隐喻。我每日一面跑步，或者说一面积累参赛经验，一面将目标的横杆一点点提高，通过超越这高度来提高自己。至少是立志提高自己，并为之日日付出努力。我固然不是了不起的跑步者，而是处于极为平凡的（毋宁说是凡庸的）水准。然而这个问题根本不重要。我超越了昨天的自己，哪怕只是那么一丁点儿，才更为重要。在长跑中，如果说有什么必须战胜的对手，那就是过去的自己。

然而过了四十五六岁，这种自我考核体系也一点点出现了变化，简单地说：比赛成绩再也提不上去了。考虑到年龄，这也是没有办法的事。不管是谁，都会在人生的某个时刻迎来体能的巅峰。自然有个人差异，不过在通常情况下，游泳选手在二十到二十五岁的年纪，拳击手则在二十五到三十的岁数，而棒球选手在三十五岁左右，会分别跨过肉眼看不见的"分水岭"，这无从回避。我询问过眼科医生："世上难道没有不会得老花眼的人吗？"他觉得颇为好笑似的回答："这种人，我至今还一个也没见过呢。"好在艺术家的巅峰状态因人而异，比如陀思妥耶夫斯基在六十年人生的最后几年间，写出了《群魔》和《卡拉马佐夫兄弟》这两部意义最为重要的长篇小说。多梅尼科·斯卡拉蒂一生创作了五百五十五首羽管键琴奏鸣曲，绝大部分是在五十七岁至六十二岁写出的。

就我而言，在人生四十年代的后半期，跑步者的巅峰到来了。在此之前，我是以三个半小时为基准来跑全程马拉松的，节奏正好是一公里五分钟、一英里八分钟。有时突破三个半小时，有时突不破——突不破的时候居多，然而总能以相差不多的成绩跑完全程。即便觉得这次跑得不好，也能跑出三小时四十多分钟来。哪怕几乎不曾练习，哪怕身体状态不佳，时间也很少超出四小时。这样的时期好似平稳的台地一般，延续了一段时间。然而好景不长，势头逐渐不对了。虽然和从前一样练习，但是用三小时四十多分钟跑完全程渐渐变得颇为吃力，节奏变成了一公里五分半，终于勉勉强强接近了四小时才跑完全程的界线。这是一个不大不小的打击。究竟是怎么了？我不愿承认是年龄的原因。因为在日常生活中，自己还没有躯体渐趋衰弱的感觉。然而任凭如何否认它漠视它，数字却在一步又一步地后退。

成绩不尽如人意大约也是一个原因，我开始考虑跑比全程马拉松更长的距离，开始对铁人三项和壁球之类的运动产生兴趣。一味跑步，身体没准会变得失衡，不如搭配上其他运动，来塑造一个全面发展的身体，这样不是更好吗？我如此思量。

我跟随私人教练，从基础开始重新学习游泳姿势，轻轻松松就能比从前游得快了。肌肉也积极接受了新环境，体形也发生了明显的变化。然而，马拉松的成绩却仿佛退潮的潮水，缓慢地，却是实实在在地继续后退。

跑步不再像从前那样,是无限的乐事一桩。在我与跑步之间,这样一种徐缓的倦怠期前来造访了。其间有付出的努力得不到报偿的失望,有理应敞开的门户不知何时却被关上的茫然。我称这些为"跑者忧郁"。究竟是何种忧郁,将在后面详细说明。

然而时隔十年,重返剑桥这座小城(上次在此居住是一九九三年至一九九五年的两年间,当时比尔·克林顿总统正在任上),眼前重见查尔斯河,心中不觉涌起一个念头:"真想跑步呀!"河流这东西,除非有过极大的变化,大体看上去相差无几,查尔斯河尤其一如往昔。岁月流逝,学生们的面孔交替更换,我则年龄增长了十岁,恰如那句话所说:往事如烟。尽管如此,河流却仿佛没有丝毫变化,依旧保留着昔日的姿容。滔滔流水向着波士顿湾无声地逝去,浸润了河岸,繁茂了绿色的夏草,养育了水鸟,从石造的古桥下穿过,夏季映照着蓝天白云,冬天则漂浮着冰凌,不急不躁,无休无止,仿佛通过了种种考验、不可动摇的观念一般,只是默默流向大海。

整理好从日本带来的行李，办妥各种各样的事务性手续，一旦布置好此处的生活场所，我便再度热心地开始了跑步。敞开胸怀呼吸清晨那清冽的空气，蹬踏着跑惯了的地面，奔跑时的喜悦重又苏醒过来。脚步声、呼吸声与心脏的鼓动交织一处，营造出独特的交响节奏。查尔斯河是一条划船比赛圣地一般的河流，永远都有人在河上划船。我仿佛跟他们竞赛似的跑着。当然，一般是划船的人速度更快。然而我与朝着上游悠然划行的单人划艇，有时也会上演一场激烈的比赛。

大概与此地是波士顿马拉松的主办地不无关系，剑桥是个跑步者众多的地方。查尔斯河沿岸延绵不断地辟有慢跑专用的道路，只要你乐意，可以无休无止地跑下去，跑上好几个小时。只不过它还兼作自行车道，你得时时留意放开速度从背后飞驰而来的自行车。路面上不时出现裂缝，你还得注意别绊了脚。碰上长长的红灯不得不等待也令人扫兴。但除此之外，它的确是一条愉快的慢跑路线。

跑步时我一般听摇滚，偶尔也听听爵士。不过考虑到同跑步的节奏相配，我觉得作为伴跑音乐，摇滚最让人满意，像红辣椒、街头霸王、贝克乐队，或者是克里登斯清水复兴合唱团、甲壳虫之类的老音乐。节奏越简单越好。如今许多跑步者一面听着iPod一面跑步，而我还是喜欢用惯了的MD。与iPod相比，MD显得机身偏大，存储空间却小得多，但对我来说已经足够。现在的我还不想将音乐和电脑搅和到一起，就像不将友情、工作和做爱搅和到一起一样。

如前所述，七月我跑了三百一十公里。有两天下雨，还有两天是在旅行，没能跑步，还连续好几天热得叫人精疲力竭。考虑到这些，能跑到三百一十公里算是不坏的成绩，相当不坏。如果说一个月跑二百六十公里就算"跑得认真"，三百一十公里恐怕算是"跑得扎实"吧。随着距离的增长，体重竟轻了下来。两个半月减了七磅，腹部一带微微长出来的赘肉也消失了。七磅相当于三公斤多。请想象一下去肉铺买三公斤的肉，拎在手上走回家的情景，大概就能真实地感受到那份重量。想到一度将如许一份重量揣在身上活着，个中滋味颇为复杂。生活在波士顿，生啤（山姆·亚当斯的夏日爱尔啤酒）和甜甜圈自是不可或缺，可日复一日的运动还是发挥了作用。

一个到了我这样年龄的人，还要写下这种事情，颇有些愚蠢可笑。不过为了明确事实，我得言之在先：说起来，我是那种喜爱独处的性情，表达得准确一点，是那种不太以独处为苦的性情。每天有一两个小时跟谁都不交谈，独自一人默默地跑步也罢，四五个小时伏案独坐，默默地写文章也罢，我都不觉得难熬，也不感到无聊。这种倾向从年轻时起便一直存在于我身上。比起同什么人一起做什么事，我更喜欢一个人默不作声地读书，或是全神贯注地听音乐。只需一个人做的事情，我可以想出许许多多来。

虽然如此，自从年纪轻轻便结了婚（我结婚时二十二岁），我渐渐习惯了和别人共同生活。大学毕业后经营一家饮食店，认识到了与他人相处的重要性。人无法独自生存下去，这本是理所当然，我却是脚踏实地学到的。尽管有点走样，我也渐渐掌握了类似社会性的东西。回想起来，从二十岁到三十岁的十年当中，我的世界观发生了不小的变化，在做人方面也有了一些长进,从四处碰壁之中学会了生存的诀窍。倘若没有这算得上艰难的十年的生活体验,恐怕我就不会写什么小说了,即使想写也写不出来。但话说回来,人的本性不会极端地发生变化。希望一人独处的念头始终不变地存于心中,所以一天跑一个小时,来确保只属于自己的沉默的时间,对我的精神健康来说成了具有重要意义的功课。至少在跑步时不需要和任何人交谈,不必听任何人说话,只要眺望周围的风光、凝视自己就行。这是任何东西都无法替代的宝贵时刻。

每每有人问我:跑步时,你思考什么?提这种问题的人,大多没有长时间跑步的经历。遇到这样的提问,我便陷入深深的思考:我在跑步时,究竟思量了些什么?老实说,在跑步时思考过什么,我压根儿想不起来。

在寒冷的日子,我可能思考一下寒冷;在炎热的日子,则思考一下炎热;悲哀的时候,思考一下悲哀;快乐的时候,则思考一下快乐。如同前面写过的,还会毫无由来地浮想往事。有时候,只是偶尔有之,也有关于小说的小小灵感浮上脑际。尽管如此,我几乎从不曾思考正儿八经的事情。

我跑步,只是跑着。原则上是在空白中跑步。也许是为了获得空白而跑步。即使在这样的空白当中,也有片时片刻的思绪潜入。这是理所当然的,人的心灵中不可能存在真正的空白。人类的精神还没有强大到足以坐拥真空的程度,即使有,也不是一以贯之的。话虽如此,潜入奔跑的我精神内部的这些思绪或者说念头,也不过是空白的从属物。它们不是内容,只是以空白为基轴渐起渐涨的思绪。

跑步时浮上脑际的思绪很像天际的云朵,形状各异,大小不同。它们飘然而来,又飘然而去。然而天空犹自是天空,一成不变。云朵不过是匆匆过客,它穿过天空,来了去了。唯有天空留存下来。所谓天空,是既在又不在的东西,既是实体又不是实体。天空这种广漠容器般的存在状态,我们唯有照单收下,全盘接受。

年过半百的我已处于人生的后半期。二十一世纪之类果真来了,我不折不扣地迎来了五十多岁,这种事情在年轻时无从想象。从理论上说,总有一天二十一世纪会到来,不出意外,届时我将迎来人生的五十年代,这不言自明。然而年轻时的我要在内心描绘出自己五十多岁的形象，就好比具体地想象死后的世界一样困难。米克·贾格尔年轻时曾经口吐豪言壮语："我如果到了四十五岁还在唱《满足》，还不如死了的好。"然而，如今他已过六十了，还是继续在唱《满足》。有些人为了此事笑话他，可是我笑不出来。年轻时的米克·贾格尔无从想象四十五岁的自己，年轻时的我也无法想象这样的事情。我能够笑话米克·贾格尔么？不能。我碰巧不是著名的年轻摇滚乐手，当时说过何等的蠢话都没有人记住，也不会被别人引用。难道不是仅此而已？

而现在，我正置身于那个"无从想象"的世界。如此一想，便觉得有点好笑。置身于此的我究竟是幸福还是不幸？连我自己都揣摩不透。但似乎不必虚张声势地视为重大问题。对于我来说（对其他人恐怕也一样），这是首次体验到年龄的增长，也是首次体味到由此带来的情感。倘若从前历练过，哪怕仅仅一次，也多少能明了各种各样的事情。而首次经历就不那么简单了。我唯有将细微的判断暂且留待后日，先将眼前的东西照单全收，姑且与它一同生存下去，就好比对待天空、云朵和河流的态度。这些东西中无疑有某种滑稽可笑的成分，而根据心境的变化，它们未必一文不值。

前面说过，无论在日常生活还是工作领域里，和别人交手竞争一决雌雄，不是我追求的活法。听上去好像在大谈特谈无聊的大话，但正是因为有了各种各样的人，这世间方是世间。别人自有别人的价值观和与之相配的活法，我也有自己的价值观和与之相配的活法。这样的差异产生了细微的分歧，数个分歧组合起来，就可能发展成大的误会，让人受到无缘无故的非难。遭到误解、受到非难绝非愉快的事，还可能使心灵受到深重的创伤。这也是痛苦的体验。

然而随着年龄的增长，我们逐渐认识到，这样的苦痛和创伤在人生中其实很有必要。仔细想一想，正是跟别人多少有所不同，人才得以确立自我，一直作为独立的存在。就我而言，便是能坚持写小说。能在同一道风景中看到不同于他人的景致、感受到不同于他人的东西、选择不同于他人的语句，才能不断写出属于自己的故事来。甚至还产生了一种罕见的状况：为数绝不算少的人把它拿在手中阅读。我就是我，不是别人，这是我的一份重要的资产。心灵所受的伤，便是人为了这种自立性不得不支付给世界的代价。

我基本是如此思考的，并依循着这样的思考度过人生。就结果而言，在某种程度上，我也许是主动地追求孤绝。对于从事我这种职业的人来说，尽管程度上的差异，这却是无法绕道回避的必经之路。这种孤绝之感会像不时从瓶中溢出的酸一般，在不知不觉中腐蚀人的心灵，将之溶化。这是一把锋利的双刃剑，保护人的心灵，也细微却不间歇地损伤心灵的内壁。这种危险，我们大概有所体味，心知肚明。唯其如此，我才必须不断地物理性地运动身体，有时甚至穷尽体力，来排除身体内部负荷的孤绝感。说是刻意而为，不如说是凭着直觉行事。

让我说得更具体一点。

当受到某人无缘无故（至少我看来是如此）的非难时，或是觉得能得到某人的接受却事与愿违时，我总是比平日跑得更远一些。跑长于平日的距离，让肉体更多地消耗一些，好重新认识自己是个能力有限的软弱人类——从最深处物理性地认识这一点。而且跑的距离长于平日，便是强化了自己的肉体，哪怕只是一点点。发怒的话，就将那份怒气冲着自己发好了。感到懊恼的话，就用那份懊恼来磨炼自己好了。我就是如此思考的。能够默默吞咽下去的东西，就一星不剩地吞咽进体内，在小说这一容器中尽力改变它的姿态和形状，将它当作故事的一部分释放出去。我努力做到这一点。

我并不认为这样一种性格讨人喜爱，恐怕有极少人赏识，却难得讨大众欢喜。对于这样一个缺乏合作性的人，一遇上事情就想独自躲进壁橱里的人，有谁会抱有好感呢？一个职业小说家讨人喜爱这种事，难道真有可能么？我不得而知。或许在世界某个地方有，但恐怕很难推而广之。至少我很难想象自己作为小说家成年累月地不断写小说，同时私下里又能招人喜爱。被人嫌恶、憎恨和轻蔑似乎倒是更自然的事情。我也不打算说如果是这样，我反而感到放心。即便是我，也没有赏玩他人的嫌恶的爱好。

那是另外的事，还是来谈谈跑步吧。

不管怎样，我再次恢复了"跑步生活"。我相当认真地开始跑步，时至今日，又相当扎实地在跑步。这对年近花甲的我来说意味着什么，我不甚明白。想必有什么意义吧，也许并非大不了的事情，并非大不了的分量，但此时此刻，只管埋头跑步即可。意义嘛，留待日后重新思考也为时不晚。以后重新思考是我的特长，这特长随着岁月流逝而愈加洗练。穿上跑鞋，在脸上和颈部抹足防晒霜，调节好手表，来到路边，然后开始跑步。脸颊承受着迎面而来的信风，仰头遥望将两条腿齐齐并拢横空飞去的白鹭，倾听令人回味无穷的满匙爱乐队的歌曲。

比赛的纪录不见提高，但也无可奈何。跑步时，忽然浮想联翩。我已经到了一定的年纪，时间自会拿走它那份额度，怨不得任何人。这就是游戏规则，就如同河水向着大海源源不断地流去一样。只能把自己这种形象当作自然光景的一部分，原封不动地接受。这也许不是令人愉快的事，从中发现的或许也非值得欣喜若狂的东西。不过，这难道不是无可奈何的事情吗？至此为止的人生，我好歹也大致（即便不能说是充分）享受了其中的乐趣。

此话并非自夸（谁又能拿这种事情自夸呢）：我的脑子并不怎么好使。我是那种通过有血有肉的身体，通过伸手可触的材料才能明确认识事物的人。不论做什么，只有将其转换成肉眼可见的形态，我才能领会。说我是知识分子，不如说是一个物质结构的人。诚然，我也有些许理解力，大概有。如果连一丝一毫也没有，恐怕怎么也写不出小说来。然而我不是以在脑子里构建理论和逻辑为生的类型，也不是以思辨为燃料向前行进的类型，毋宁说是给身体现实的负荷，让肌肉发出呻吟（某些时候是悲鸣）来提升理解的深度，才勉强心领神会的类型。毋庸赘言，这样拾阶而上、循序渐进地得出结论，势必花费时间，也需花费精力。如果费时过多，待到终于心领神会，恐怕已为时太晚，时过境迁。然而这也无可奈何。因为我，就是这样一个人。

想就河流作一番思考，还想就云朵作一番思考，然而心中却是空空。我在自制的小巧玲珑的空白之中、在亲切美好的沉默之中，一味地跑个不休。这是相当快意的事情，哪还能管别人如何言说？

第二章 / 2005年8月14日
夏威夷州考爱岛

人是如何成为跑步小说家的

八月十四日，星期天。早晨一面用 MD 听着卡拉·托马斯和奥蒂斯·雷丁的音乐，一面跑了一小时十五分钟。下午在体育馆的游泳池里游了一千三百米，傍晚时分去海滨游泳。然后在位于哈纳雷小镇入口处的"海豚餐厅"喝啤酒、吃鱼，是一种叫"挖路"（walu）的白肉鱼，请店家用炭火烤熟了，洒上酱油。配菜则是土耳其式的烤蔬菜串儿，配以大盆的沙拉。

进入八月以来，到今天正好跑了一百五十公里。

跑步进入我的日常生活，是在很早以前，准确说来是一九八二年的秋天。那时候我三十三岁。

稍早于此，我在千驮谷车站附近经营一家类似爵士俱乐部的店。大学一毕业（因为打工太忙，有几个学分还没拿到手，该说仍然在学），立刻在国分寺车站的南口开了一家店，经营了三年左右，由于大楼改建，遂迁至市中心。店面算不上大，然而也不算太小。放了一架三角大钢琴，店里勉强可以容纳五重奏乐队演奏。白天供应咖啡，晚间改作酒吧。佐餐佐酒的菜肴也一应俱全，周末还安排现场演奏。这种店当时比较少见，客人顺利地增多，经营还算不错。

周围似乎有很多人预测，这种业余爱好般的买卖注定不会成功，不谙世故的我不会有经营才干，然而这预测落了空。老实说，连我都不觉得自己有经营才干，只是觉得一旦失败了便是穷途末路，才不顾一切拼命努力。勤勉耐劳、不惜体力，从前也罢现在也罢，都是我仅有的可取之处。倘若比作马匹，我恐怕不是专事比赛的赛马，更接近于从事杂役的驽马。我本是工薪阶层家庭出身的孩子，对做生意可谓知之甚少，不过太太却是商家出身，她身上那种类似悟性的东西帮了大忙。任凭我多么优秀，仅靠一介驽马，也注定一事无成。

工作很是艰苦。清晨就开始干活，一直得干到深夜，累得筋疲力尽。也曾遭遇种种严峻的局面，也曾抱头苦思却痛无良策，也曾多少次饱尝失望的滋味，然而我废寝忘食地拼命工作，渐渐地收支趋向平衡，还雇上了帮工。在即将迎来三十岁的时候，好容易能喘口气了。此前从能借钱的地方借足了钱，偿还债务一事大致有了头绪，我终于感到算是告一段落。之前我一心考虑如何生存下去，如何将脸探出水面，几乎无暇分心旁骛。现在好歹算是爬过了人生中一段陡峭的台阶，来到一个稍稍开阔些的场所，心里也生出了自信：既然已经走到了这里，今后就算路途多舛，大概也能对付过去。做一做深呼吸，缓缓地环视四周，回顾走过来的路，对该采取的下一步进行思考。三十岁迫在眉睫，已然逼近不能再称为青年人的年龄。于是乎（连我自己也始料未及）我下了决心：写小说！

我可以具体说出下决心写小说的时刻，那是一九七八年四月一日下午一点半前后。那一天，在神宫球场的外场观众席上，我一个人一边喝着啤酒，一边观看棒球比赛。神宫球场距离我居住的公寓仅仅一步之遥，而我当时是个热情的养乐多燕子队支持者。天空中一丝云也没有,风儿暖洋洋的,是个无可挑剔的阳春佳日。那时候神宫球场外场上还没有设置座椅,只是一面斜坡,长着一片绿草。我躺在草地上,啜饮着啤酒,不时仰面眺望天空,一边观看比赛。一如平日,观众不多。养乐多燕子队在主场迎战本赛季开幕战的对手——广岛鲤鱼队。记得养乐多燕子队的投手是安田。他是个五短身材、胖乎乎的投手,善投一手极难对付的变化球。安田第一局轻轻松松叫广岛的进攻无功而返。接着,在第一局的后半场,第一棒击球手、刚从美国来的年轻的外场手戴夫·希尔顿打出了一个左线安打。球棒准确地击中了快速球,清脆的声音响彻球场。希尔顿迅速跑过一垒,轻而易举地到达二垒。而我下决心"对啦,写篇小说试试",便是在这个瞬间。我还清晰地记得那晴朗的天空,刚刚恢复了绿色的草坪的触感,以及球棒发出的悦耳声响。在那一刻,有什么东西静静地从天空飘然落下,我明白无误地接住了它。

我并没有野心要当个小说家。我只是一心一意想写一篇小说,甚至连个具体的构思都没有,却觉得"现在,我大概能写出点像样的东西来"。回到家里,坐在书桌前——好,动手写啦!这时候才发现,我连一支正儿八经的钢笔都没有,于是去了新宿的纪伊国屋书店,买回一沓稿纸和一支一千多日元的水手牌钢笔。一笔小小的投资。

那是春天的事。到了秋天,一部二百来页、每页四百字的作品写完了。觉得心情甚是舒畅,但还不知道如何处理才好,便顺势投稿应征文学杂志的新人奖去了。甚至连复印件都没有拷贝一份,由此可知,我当时一定觉得如果落选,这篇稿子去向不明也无所谓。这就是后来那部以《且听风吟》为名出版的作品。当时我关心的与其说是作品能否得见天日,毋宁说是能否写完。

那年秋天,常败之将养乐多燕子队居然获得联赛冠军,进入总决赛,并且击败了阪急勇士队,勇夺全国总冠军。我紧张难捺,几度前去举行总决赛的后乐园球场观战——养乐多燕子队不曾预料真会夺冠,竟然将主场神宫球场的使用权转让给了六大学棒球联盟。那年秋天的事我记忆犹新。晴好的天气日复一日,真是个美丽的秋季。天空澄澈高远,绘画馆前夹道成排的银杏树比历年更鲜艳明丽,闪耀着金色的光泽。对我来说,那是人生二十年代的最后一个秋天。

翌年初春,《群像》编辑部打来电话,告诉我"你的作品入围最后一轮评选",当时我已将应征新人奖一事忘到了爪哇国,因为每天的生活实在太忙碌。猛然一听这话,竟一时无法明白对方在说啥,如坠五里雾中:"什么?"总而言之,那部作品获得了新人奖,夏天还推出了单行本。对那本书的评价也算马马虎虎。我年届三十,懵懵懂懂、稀里糊涂、毫无预料地就成了一名新晋小说家。我自然惊愕不已,周围的人恐怕更诧异。

自那以后,我一面经营着店铺,一面写出了第二部不算太长的长篇小说《1973年的弹子球》,其间还穿插着写了几个短篇小说,甚至还翻译了斯科特·菲茨杰拉德的短篇小说。《且听风吟》和《1973年的弹子球》获得了芥川奖的提名,二者都曾被说成夺奖热门,然而最终均未得奖。但老实说,我觉得无甚大碍。得了奖,必然又是采访又是约稿,没完没了,应接不暇,只怕影响店铺的生意——我对这一点更为担心。

经营店铺要记账,检查进货,调整员工的日程。自己也钻进吧台后面调制鸡尾酒、烹制菜肴。深更半夜店铺打烊后，再回到家里，坐在厨房的餐桌前写稿子，一直写到昏昏欲睡。这样的生活持续了将近三年。我觉得自己活过了相当于普通人两倍的人生。当然，每个日子肉体都辛苦难熬。而一面写小说一面经营服务业，形形色色的麻烦也前来凑热闹。服务业是一种无法挑选来客的行当。不管来的顾客是什么人，只要不是太糟糕的，都得笑脸相迎热情招呼："欢迎光临！"出于这个缘故，我邂逅了千奇百怪的人物，也体验了难以想象的事情。在这样的生活中，我率真而积极地吸收了各色各样的东西。大体上说，我是本着向前看的态度，享受着新的人生和由此带来的新鲜刺激。

然而，渴望写出一部气势恢宏、内容坚实的小说，这种心情却越来越强烈。最初的两部小说《且听风吟》和《1973年的弹子球》，基本是为了享受写作的愉悦而写的，至于质量，我自己也觉得留有太多不尽如人意之处。利用工作间隙，摊开稿纸断断续续地抽空写上半小时一小时；支撑着疲惫的躯体，仿佛跟时间竞赛似的奋笔疾书，精力也无法集中。采用如此零散的方式写作，即使能写出新颖有趣的东西，也写不出内容深刻、意味幽远的小说。既然将当小说家的机会给了我（并非人人都会碰上这等好运气），我便想尽己所能，写一本自己也满意的小说，一本就行。萌生这样的欲望原是自然而然。我的确有这样的想法："肯定能写出更大气的作品来！"经过深思熟虑，决定将店铺暂且关门歇业，花上一段时间专心致志写小说。在那个时候，我开店的收入远远高于当小说家的收入，但只好狠下决心忍痛割爱了。

周围的许多人都反对我的决定，或是深表怀疑。"店铺好容易上了轨道，还不如交给什么人去经营，你自己爱去哪儿去哪儿，写你的小说得了。"他们忠告说。世俗地看，这想法的确合情合理。众人当时并没有预想到我能作为职业作家生存下去。我却没有听从劝告。无论做什么事，一旦去做，我非得全力以赴不可，否则不得安心。将店铺随意交托给某个人，自己躲到别处去写小说，这种讨巧的事情我做不来。竭尽全力埋头苦干还是干不好，就可以心安理得地撒开手了。然而，如果因为模棱两可、三心二意以失败告终，懊悔之情只怕久久无法拂去。

所以，我不顾周遭的反对，将店铺的权利悉数出让，尽管有些不好意思，还是决定打出"小说家"的旗号生活下去。"姑且给我两年的自由。如果不成功，再在哪儿开家小店不就行了？我们还年轻，可以从头再来。"我对妻子说。她答道："好。"这个时候，还有好些欠债尚未还清，不过总会有办法吧。这是一九八一年的事。尽力而为吧。

我专心致志地执笔写作长篇小说。这一年的秋天，为了采集小说素材，去北海道旅行了约一个星期。这样在翌年四月之前，完成了长篇小说《寻羊冒险记》。我已孤注一掷，因此使出了浑身解数。我甚至觉得连自己身上没有的解数也来了个总动员。这是一部比《且听风吟》和《1973年的弹子球》篇幅长得多、架构宏大得多、故事性也强得多的作品。

当这部小说写完时，我有了某种感触，觉得找出了自己的小说风格。我深切体会到可以随心所欲伏案写作，不必介意时间，每日集中精力写故事，这是多么美好的事情，又是多么痛苦的事情。我知道自己体内沉睡着未经挖掘的矿脉，也坚定了信念："如此下去，日后我也能当好小说家。"于是乎，终于没有发生"再在哪儿开个小店"之类的事。虽然如今我还常常萌生这样的念头，很想重操旧业，在哪儿开上一家小小的舒适的店。

我记得，《寻羊冒险记》未能获得当时追求所谓"主流文学"的《群像》编辑部青睐，而是饱受冷遇。我心目中的小说形态在当时似乎相当另类，不知现在如何。读者们却热情地欢迎这部作品，这是最令人欣悦的事情。我认为，自己作为一个小说家，这部作品是实质上的出发点。如果一边经营店铺，一边继续写类似《且听风吟》和《1973年的弹子球》那样诉求于感觉的文字，早晚有一天会山穷水尽、才思枯竭。

不过，刚刚成为职业小说家那会儿，我首先面临的问题却是如何保持身体健康。我本是那种放任不管便要长肉的体质，由于每天从事繁重的体力劳动，体重才控制在稳定状态。过上了从早到晚伏案写作的生活，体力逐渐下降，体重则有所增加。因为需要高度集中精力，不知不觉香烟便抽过了头。那时候一天要抽六十支烟，手指熏成了黄色，浑身上下都发散出烟味，怎么说对身体也不好。打算作为小说家度过今后漫长的人生，就必须找到一个既能维持体力，又能将体重保持得恰到好处的方法。

正式开始每天跑步，记得是写完《寻羊冒险记》，又稍微过了一段时间之后，跟决意当一名职业小说家相差不远。

跑步有好几个长处。首先是不需要伙伴或对手，也不需要特别的器具和装备，更不必特地赶赴某个特别的场所。只要有一双适合跑步的鞋，有一条马马虎虎的路，就可以在兴之所至时爱跑多久就跑多久。网球可不能这样，每次都得专程赶到网球场去，还得有个对手。游泳虽然一个人就能游，也得找个适宜的游泳池才行。我关店歇业之后，也是为了改变生活方式，便将家搬到了千叶县的习志野。那一带当时还是野草茂密的乡间，附近连一处像样的体育设施也没有，道路却是齐齐整整。因为自卫队的基地就在附近，为了方便车辆来去，道路建得很是完备。恰好我家附近有一个日本大学理工学部的操场，大清早那儿的四百米跑道可以自由地（或者说擅自地）使用。因此在众多体育项目中，我几乎毫不犹豫地（也许是别无他选）选择了跑步。

此外还戒了烟。每天都跑步，烟便自然而然地戒掉了。戒烟诚然不是轻而易举的事，但是你没法一边吸烟一边坚持跑步。"还想跑得更多"这个自然的想法，成了戒烟的重要动机，还成了克服脱瘾症状的有效手段。戒烟仿佛是跟从前的生活诀别的象征。

我对于长跑，原本就不觉得讨厌。但学校的体育课，我却难以喜欢上它，运动会那些玩意儿更是让人厌恶至极。它们是上头强迫我们做的运动。"喏，跑起来！"逼迫我在不喜欢的时间去做不喜欢的事情，我从小就无法忍受这一点。反之，倘若是我自己想做的事情，在自己想做的时间爱做多少就做多少，我会做得比别人更加卖力。我的运动神经和反射神经并不是太出色，不擅长那些速战速决型的体育项目，但是长距离的跑步和游泳与我的性情相符。我对此多少心知肚明，所以才能没什么不适应，将跑步当作生活的一部分，顺理成章地接受了。

下面的话题跟跑步无关，允许我扯上几句题外话。

在学习上，我的心态也相去不远。从小学到大学，除了极少的例外，学校强制学习的东西，我基本都提不起兴趣。我也告诫自己"这是非学不可的东西"，该学的也大都学了，才好歹考进了大学。然而我几乎不曾觉得学习有趣。成绩虽不致羞于拿出手，但是因成绩优秀受到表扬，或者某门功课考了第一之类的荣耀也从未有过。对学习产生兴趣，是在规定的教育体系大体修完，成了所谓的"社会人"之后。我知道对感兴趣的领域和相关的事物，按照与自己相配的节奏，借助自己喜欢的方法去探求，就能极其高效地掌握知识和技术。比如说翻译技艺，也是这么无师自通的，说来就是自掏腰包，一点一滴地学了来。花费了许多时间，技艺才得以成熟，还反复出现过错误，但正因如此，学到的东西才更加扎实。

成为职业小说家，让人觉得最高兴的是可以早睡早起。开店时代，上床就寝时已是黎明时分，这样的事情司空见惯。十二点打烊，然后整理、清扫、算账记账，为了缓解兴奋还得聊聊天，喝点酒。如此一来二往，马上就到了凌晨三点,将近黎明了。常常是坐在厨房餐桌前独自写着稿子,东方的天空渐渐白起来。于是一觉醒来睁开眼睛,太阳早已高高悬在中天。

闭店歇业,开始了小说家生涯,我们(我和太太)最先做的事情,就是彻底改变生活形态。我们决定,太阳升起来的时候起床,天色暗下来便尽早就寝。这就是我们想象的自然的生活、正经人的生活。不再从事服务业了,今后我们只见想见的人,不想见的人则尽量不见。我们觉得这样一种小小的奢侈,至少在短期之内无伤大雅。此话好像重复再三了:我本来就不是善于交际的人,有必要在某个节点回归原始状态。

于是,我们从长达七年的"开"的生活,急转直下改为"闭"的生活。我觉得,这样一种"开"的生活,曾经在人生的某个阶段存在过,是一件好事。现在想起来,我从中学到了太多重要的东西,这类似人生的综合教育期,是我真正的学校。然而这样的生活不能永远持续。学校这东西,是一个进入里边学习些什么,然后再走出去的地方。

清晨五点起床、晚上十点之前就寝,这样一种简朴而规律的生活宣告开始。一天中，身体机能最为活跃的时间因人而异，我是清晨的几小时。在这段时间内集中精力完成重要的工作。随后的时间或是用于运动，或是处理杂务，打理那些不必高度集中精力的工作。日暮时分便优哉游哉，不再继续工作。或是读书或是听音乐，放松精神，尽量早点就寝。我大体依照这个模式度日，直至今天。拜其所赐，这二十来年工作顺利，效率甚高。只不过照这种模式生活，所谓的夜生活几乎不复存在，与别人的交际往来无疑也受影响。还有人动怒光火。因为别人约我去哪儿玩呀，去做什么事呀，这一类邀请均一一遭到拒绝。

只是我想，年轻的时候姑且不论，人生中总有一个先后顺序，也就是如何依序安排时间和能量。到一定的年龄之前，如果不在心中制订好这样的规划，人生就会失去焦点，变得张弛失当。和与周遭的人们交往相比，我宁愿先确立能专心创作小说的稳定和谐的生活。我的人生中，最为重要的人际关系并非同某些特定的人物构筑的，而是与或多或少的读者构筑的。稳定我的生活基盘，创造出能集中精力执笔写作的环境，催生出高品质的作品——哪怕只是一点点,才会为更多的读者欢迎。这不才是我作为一个小说家的责任和义务,不才是第一优先事项吗?这种想法今日依然没有改变。读者的脸庞无法直接看到,与他们构筑的人际关系似乎是概念性的。然而我始终将这种肉眼看不见的概念性的关系当作最有意义的东西,从而度过自己的人生。

"人不可能做到八面玲珑,四方讨巧。"说白了,就是此意。

在开店时代,也是依据同样的方针行事。许许多多客人到店里来。假如十个人当中有一个人说"这家店很好,我很中意,下次还要来",就已经足够了。十个客人中只要有一个回头客,这家店就能维持下去。哪怕有九个人觉得不中意,也没太大关系。这么去思考便轻松多了。然而得让那"一个人"确确实实地、百分之百地中意。经营者必须拥有明确的姿态和哲学,作为自己的旗帜高高地举起,坚忍不拔地顶住狂风暴雨坚持下去。这是我从开店的亲身经历中学到的。

《寻羊冒险记》之后,我便以这样一种心态写小说。读者也随着作品陆续发表不断增多。最令人欣慰的是我的作品有了很多热心的读者,亦即说那"十分之一"的回头客扎扎实实在增加。他们(多为年轻读者)耐心地等待着我的下一部作品,一旦作品问世便捧卷阅读。这种体系渐渐得以形成。这对我来说是理想的(至少是令我非常舒畅的)情况。不必成为顶级跑者,能按心里想的样子写想写的东西,还能过着与众人一般的生活,我便没有任何不满。然而后来,《挪威的森林》出乎意料地销路甚好,这种"心情舒畅"的标准被迫有所变更,不过那是很久以后的事了。

开始跑步之后,有那么一段时间,我跑不了太长的距离。二十分钟,最多也就三十分钟左右,我记得就跑这么一点点,便气喘吁吁地几乎窒息,心脏狂跳不已,两腿颤颤巍巍。因为很长时间不曾做过像样的运动,本也无奈。跑步的时候被邻居看到,也觉得有些难为情,就像为那个偶尔加在姓名后面的带括号的"小说家"头衔难为情一样。但坚持跑了一段时间,身体积极地接受了跑步这事儿,与之相应,跑步的距离一点一点增长。跑姿一类的东西也形成了,呼吸节奏变得稳定,脉搏也安定下来。速度与距离姑且不问,我先做到坚持每天跑步,尽量不间断。

就这样,跑步如同一日三餐、睡眠、家务和工作一样,被组编进了生活循环。成了理所当然的习惯,难为情的感觉也变得淡薄了。我到体育用品商店去,买来了合用而结实的跑鞋、便于奔跑的运动服、秒表,还买来专为初练跑步的人写的入门书。如此这般,人渐渐变成了跑步者。

如今想来,最值得庆幸的是我的身体生得相当强壮。几乎四分之一个世纪,每天从不间断地跑步,还参加过好多场比赛,却从不曾有腿脚疼痛不能跑的时候。并没有好好做准备运动,身体却从不曾出过一次故障,受过一次伤,生过一次病。我根本不是个优秀的跑者,却无疑是个健壮的跑者。这是我为数不多的足以自豪的资质之一。

一九八三年新年伊始,我头一次参加了公路长跑比赛。虽然只是五公里的短距离,却也佩戴着号码,跻身于拥挤的人群当中,"预备,跑"地跑了一趟,之后深有感触:"我还挺能跑。"五月里,在山中湖参加了十五公里赛跑。六月,想试试看自己究竟能跑多远,便独自绕着皇居一圈一圈地跑,结果跑了七圈,三十五公里,速度也算可以,并不觉得痛苦,腿脚也不痛。这样,全程马拉松我也能跑了。刻骨铭心地明白了全程马拉松中最痛苦的部分是跑过三十五公里之后,是后来的事了。

看看这一时期自己的照片,身体远远没有变成跑步者的体形。练习量积累得不够,必要的肌肉还没有练出来,手臂和腿一看便知十分瘦弱,大腿很细。与我现在的体形相比,简直不是一个人——长期坚持跑步,身体的肌肉形态会发生巨变。让人不免感叹:就凭这架势,居然还能跑全程马拉松!不过那时候,每天跑步,同时感到身体结构日日发生变化,实在令人欣喜:即使过了三十岁,我的身体依然还有改变的可能嘛!这样的未知之处,通过跑步一点一点得以揭明。

不久,原来略呈增加的体重逐渐趋于稳定。每天坚持运动,适合自己的体重自然而然确定下来。最易驱动身体的肌肉开始显现。随即,吃的食物也一点点发生了变化,变成以蔬菜为主,蛋白质主要靠吃鱼摄取。我一直不太喜欢吃肉,愈发吃得少了。少吃米饭,减少饮酒，使用天然材质的调味品。而甜的东西，我本来就不喜欢。

上面说过，我是那种放任不管的话，什么事都不做也会渐渐发胖的体质。我太太却不管吃多少（吃得不多，可一有什么事就吃甜点），不做运动也根本不会变胖，连赘肉都不长。我常常寻思："人生真是不公平啊！"一些人不努力便得不到的东西，有些人却无须努力便唾手可得。

不过细想起来，这种生来容易发胖的体质或许是一种幸运。比如说，我这种人为了不增加体重，每天得剧烈地运动，留意饮食，有所节制。何等费劲的人生啊！但倘若从不偷懒，坚持努力，代谢便可以维持在高水平，身体愈来愈健康强壮，老化恐怕也会减缓。什么都不做也不发胖的人无须留意运动和饮食。并无必要却去寻这种麻烦事儿做的人肯定不会太多，因此这种体质的人，体力每每随着年龄增长日渐衰退。不着意锻炼的话，肌肉自然而然便会松弛，骨质便会疏松。什么才是公平，还得以长远的眼光来看才能看明白。阅读此文的读者，也许有人抱有这样的苦恼："啊呀呀，一不小心体重马上就增加……"应当动用积极正面的思考，将这件事视为上天赐予的好运：容易看清红灯就够幸运了。不过，这么去思考问题也不容易。

这样的观点或许也适用于小说家的职业。天生才华横溢的小说家哪怕什么都不做，或者不管做什么，都能自由自在写出小说来。就仿佛泉水从泉眼中汩汩涌出一般，文章自然喷涌而出，作品遂告完成，根本不必付出什么努力。这种人偶尔也有。遗憾的是我并非这种类型。这不是自夸：任凭我如何在周遭苦苦寻觅，也不见泉眼的踪影。如果不手执钢凿孜孜不倦地凿开磐石，钻出深深的孔穴，就无法抵达创作的水源。要想写小说，非得奴役肉体、耗费时间和劳力不可。打算写一部新作品，就必得重新一一凿出深深的孔穴。然而长年累月地坚持这种生活，久而久之，就技术或体力而言，我都能高效地找寻到新的水源，在坚固的磐石上凿穴钻孔；感觉一个水源变得匮乏时，也能果决而迅疾地移到下一个去。而习惯仅仅依赖一处自然水源的人，冷不丁地这么做，只怕轻易做不来。

人生基本是不公平的。这一点毋庸置疑。即便身处不公之地，我想还是可以追求某种"公正"。也许得费时耗力，又或许费了时耗了力，却仍是枉然。这样的"公平"是否值得刻意追求，当然要靠各人自己裁量了。

我说起每天都坚持跑步，总有人表示钦佩："你真是意志坚强啊！"得到表扬，我当然欢喜，这总比受到贬低要惬意得多。然而并非只凭意志坚强就可以无所不能，人世不是那么单纯的。老实说，我甚至觉得每天坚持跑步同意志强弱并没有太大关联。我能够坚持跑二十年，恐怕还是因为跑步合乎我的性情，至少"不觉得那么痛苦"。人生来如此，喜欢的事自然可以坚持下去，不喜欢的事怎么也坚持不了。意志之类恐怕也与"坚持"有一丁点瓜葛，然而无论何等意志坚强的人、何等争强好胜的人，不喜欢的事情终究做不到持之以恒；就算做到了，也对身体不利。

所以，我从来没有向周遭的人推荐过跑步。"跑步是一件美好的事情，大家一起来跑步吧"之类的话，我极力不说出口。对长跑感兴趣的人，你就是不闻不问，他也会主动开始跑步；如若不感兴趣，纵使你劝得口干舌燥，也是毫无用处。马拉松并非万人咸宜的运动，就好比小说家并非万人咸宜的职业。我也不是经人劝说、受人招聘才成为小说家的（遭人阻止的情况倒是有），而是心里有了这个念头，自愿当了小说家。同理，人们不会因为别人劝告成为跑步者，而是自然而然开始跑步的。

话虽如此，也许真有人读了这篇文章，陡然来了兴趣："好啊，我也跑一跑试试。"当真练起跑步来。"呵呵，这不挺好玩吗？"这当然是不错的结果。果真发生了这等事，作为本书的作者，我也非常高兴。但每个人都有对路和不对路之事。既有人适合马拉松，也有人适合高尔夫，还有人适合赌博。看见学校上体育课时让全体学生都练长跑的光景，我便深感同情："好可怜啊。"那些丝毫不想跑步的人，或者体质不适合跑步的人，不分青红皂白让他们统统去长跑，这是何等无意义的拷问。我很想发出忠告：趁着还没有出现问题，赶快取消让初中生和高中生一律长跑的做法。当然，我这样的人出面说这种话，肯定无人理会。学校就是这样一种地方：我们在学校里学到的最重要的东西，就是"最重要的东西在学校里学不到"这个真理。

再怎么说长跑和自己的性情相符，也有这样的日子。"今天觉得身体好沉啊，不想跑步啦。"应该说经常有类似的日子。这时候便会找出形形色色冠冕堂皇的理由来，想休息，不想跑了。在奥运会长跑选手濑古利彦退役就任S&B队教练后不久，我曾采访过他。当时我问道："濑古君这样高水平的长跑选手，会不会也有今天不想跑啦、觉得烦啦、想待在家里睡觉这类情形呢？"濑古君可谓怒目圆睁，然后用类似"这人怎么问出这种傻问题来"的语气回答："那还用问，这种事情经常发生。"

如今反思一下，我觉得这的确是愚问。当时我也明白，然而还是想听到他亲口回答。即便膂力、运动量和动机皆有天壤之别，我还是很想知道清晨早早起床、系跑鞋鞋带时，他是否和我有相同的想法。濑古君的回答让我从心底感到松了口气。啊哈，大家果然都是一样的。

请允许我说一点私事。觉得"今天不想跑步"的时候，我经常问自己这样一个问题：你大体作为一个小说家在生活,可以在喜欢的时间一个人待在家里工作,既不必早起晚归挤在满员电车里受罪,也不必出席无聊的会议,这不是很幸运的事儿吗?与之相比,不就是在附近跑上一个小时,有什么大不了的?于是脑海里浮现出满员电车和会议的光景,再度鼓舞起士气,我就能重新系好跑鞋的鞋带,较为顺利地跑出去。"是啊,连这么一丁点事也不肯做,可要遭天谴呀。"话虽然这么说,我其实心中有数:很多人认为与其每天跑一个小时,还不如乘着拥挤不堪的电车去开会。

闲话休提。我就这样开始了跑步。我当时的年龄是三十三岁,还足够年轻,但不能说是"青年"了。这是耶稣死去的年龄,而斯科特·菲茨杰拉德的凋零从这个年纪就开始了。这也许是人生的一个分水岭。在这样的年龄,我开始了长跑者的生涯,并正式站在了小说家的出发点上——虽然有点晚了。

第三章 / 2005 年 9 月 1 日
夏威夷州考爱岛

在盛夏的雅典跑第一个四十二公里

昨天，八月份终结了。计算这一个月跑过的距离，三十一天，一共是三百五十公里。

  6月 260公里（每周60公里）
  7月 310公里（每周70公里）
  8月 350公里（每周80公里）

目标是十一月六日举行的纽约城市马拉松。为此作的调整大体进展很顺利，因为我从赛事前五个月起便有计划地增加运动量，分阶段增加奔跑距离。

考爱岛八月的气候得天独厚，无法跑步的下雨天，连一天都不曾有过。偶尔也下雨，不过是令人愉快的雨，正好将灼热的身体冷却下来。考爱岛北部海岸的夏天原本天气不错，可晴天如此绵长也不多见。我得以尽情尽兴地跑了个痛快。身体状态也毫无问题。每日的奔跑距离一点点向上调高，身体并未发出什么悲鸣。既没有伤，亦没有痛，也不觉得怎么疲劳，三个月的练习便告终结。

没有苦夏。我并没有特别的苦夏对策。硬说有什么，不过是平时注意不吃冷的东西，多吃水果和蔬菜。在夏威夷，芒果、木瓜和鳄梨之类的新鲜水果很便宜就能买到，真的是挂在一伸手就能够到的屋檐下，对于我夏天的饮食，这儿真是个理想的地方。说这是"苦夏对策"，毋宁说是身体自然的要求。每天运动身体，就容易明白个中味道。

还有一个健康方法是睡午觉。我午觉睡得可真不少。基本是在午饭后，觉得有睡意袭来，便横躺在沙发上，就这般迷迷糊糊地睡去。约莫三十分钟便会猛地醒过来。身体倦意全消，脑子非常清醒，即南欧人所谓的"歇死它"（siesta）。我记得这好像是住在意大利时养成的习惯，也许有出入。我原本属于喜欢午睡的人，是那种一旦有了困意，不管何时何地马上能睡熟的体质。从保持健康的观点来看，这实在是值得庆贺的特质。只不过，有时也在不该睡熟的场合不知不觉呼呼大睡，引出麻烦来。

体重也顺利地下降，脸庞愈加精悍起来。身体如此发生变化，是件好事儿。但比起年轻时代，变化更加费时耗力了。从前花一个半月就能做到的，现在得耗时三个月，运动的效率显而易见降低了。这本是无可奈何的事，只能顺其自然，仅凭手头现有的资源坚持下去。这正是人生的原则，况且效率的高低并非决定生活方式价值的唯一标准。东京我一直去的那家健身馆里，贴着一张招贴画，写着："肌肉难长，易消。赘肉易长，难消。"令人生厌的事实，但终究是事实。

八月就这么挥着手去了，似乎挥手来着。进入九月，练习风格为之一变。此前的三个月是"积累距离"，不必思考困难的问题，只是渐渐加快节奏，每日只消一个劲儿奔跑。打造综合性的基础体力，提高耐力，强化各个部位的肌肉，在身体和心理上都铆足了劲提升士气。那时的重要任务是向身体发出通知:"跑这么些是理所当然的事。"通知云云当然是比喻,如何使用语言去命令,身体也不会这般容易地俯首听命。身体是极为事务性的体系,只有耗时费日,断断续续地、具体地给它痛苦,它才会认识和理解这信息,才会主动地(也许不能这么说)接纳给予它的运动量。我们再一点一点将运动量的上限提高。一点一点地,一点一点地。别让身体超负荷。

进入九月,离正式比赛还有两个月,训练进入了调整期。忽而长的加短的,忽而软的加硬的,使之有张有弛,完成从"量的练习"向"质的练习"的转换。定好在距离赛事一个月左右,让疲劳迎来最高峰。这是重要的时期,必须一面小心翼翼地和身体对话,一面将训练向前推进。

跟落脚于考爱岛某处拼命练习的八月不同,九月里得长途旅行,从夏威夷去日本,再从日本去波士顿。在日本期间会很忙,不能像此前那样只管拼命跑步即可。奔跑距离会下降,需要通过巧妙安排训练计划,高效地予以弥补。

这话我不太想说,最好把它悄悄地塞进壁橱藏起来:上一次我跑全程马拉松的成绩实在不堪回首。我跑过许多比赛,如此凄惨的比赛却是头一次。地点是千叶县的某处。

跑到三十来公里,比赛还算顺利,我甚至以为这么跑下去,此次的成绩不至于太糟糕。耐力还有存余,足以跑完剩下的距离。就在这时,我的脚一下子不听使唤了,开始抽筋,而且越来越厉害,不久便根本无法再跑。任凭怎么做伸展运动,大腿内侧还是抽筋,颤抖不已。肌肉扭曲为怪异的形状,不听使唤,甚至无法站立。我不由自主地蹲在路边。也曾在比赛中出现过抽筋,但是每次细心地做做伸展运动,五分钟左右肌肉便恢复正常,就能重新跑了。然而这次远没有那么简单。过了许久,痉挛仍不停止。以为好一点了,一跑起来立刻再次发作,所以最后的五公里只能步履蹒跚地走完。在马拉松比赛中不是跑,而是走,有生以来是第一次。以前,无论多么痛苦我都不走,这是我的骄傲。马拉松是跑的比赛,不是走的比赛。当时我甚至连走都勉勉强强。索性放弃比赛,坐进收容车里得了,这个念头几度掠过脑际。反正成绩已是糟糕透顶,不跑也不打紧。然而我怎么也不愿意弃权。哪怕爬着,我也想坚持到终点。

其他人一个接着一个追赶上来,超了过去。我苦着脸,拖着腿,朝着终点走。数码计时器上的数字无情地记录着时间的流逝。来自海上的风儿吹遍四野,湿透背心的汗水凉下来,寒意难当。要知道这是隆冬举行的赛事!背心加短裤,就这么一身走在无遮无拦的公路上,当然寒冷彻骨。中断奔跑后居然如此之冷,我连想都不曾想过。只要继续奔跑,身体总归是温暖的,不会感到寒冷。然而比寒冷更伤人的,是负了伤的自尊心,是在马拉松跑道上步履蹒跚的自己惨不忍睹的身影。离终点还有两公里,痉挛终于平息,可以重新跑了。我缓缓地慢跑,徐徐地恢复了状态,甚至还能大胆地冲刺一番。然而成绩十分可怜。

失败的原因一目了然:运动量不够!运动量不够!运动量不够!练习量不足,体重也没有完全降下来。四十二公里嘛,随便对付对付,怎么也可以跑下来呀!

心里恐怕不知不觉生出了这种傲慢情绪。隔在健康的自信和不健康的轻慢之间的那堵墙非常薄。年轻的时候，也许"随便对付对付"就能闯过全程马拉松这一难关，不必跟自己过不去一般拼命练习，单单凭借储存的体力就能跑出蛮不错的成绩。遗憾的是我已经不年轻了。不支付必需的代价，便只能品尝相应的苦果。

这种苦头我再也不想吃第二遍！当时我沉痛地想。这种寒冷彻骨的悲惨记忆，我不愿它再来。下次参加全程马拉松，我要回归初心，从零开始发奋努力；周密地训练，重新发掘自己的体力。将每一颗螺丝都仔细拧紧，看看究竟能跑出什么样的结果来。这就是拖着痉挛的脚步蹒跚在寒风中、被许多人超过时，我心中想的事情。

一开始我就打过招呼，说我不是好胜厌输的性格。输本是难以避免的，谁都不可能常胜不败。在人生这条高速公路上，不能一直在超车道上驱车前行。但不愿重复相同的失败又是另一回事。从一次失败中汲取教训，运用在下一次机会中。还有能力坚持这种生活方式时，我会一直这样做。

为迎接"下一次马拉松",即在纽约市举行的比赛,我一面继续训练,一面伏案写作这样的文字。我搜寻着记忆,逐一追忆二十多年前初练长跑时的点滴,翻出那时记下的简单日志重新阅读(我生性写不了日记,唯有跑步日志记录得还算仔细),汇总成文。这既是确认自己一步步走来的足迹,也是发掘自己在那个时代的心迹。既是告诫自己,也是激励自己,更是为了撼醒在某一刻陷入冬眠的某种动机。说穿了,就是为了梳理思绪而写文章。结果,这也许变成了一部以跑步为基轴的"回忆录"。

话虽如此,此刻占据我大脑主要部分的却并非什么"记录",而是如何以像样的成绩,跑完两个月后鸣枪开跑的纽约城市马拉松。该如何打造自己的身体,才是眼下最重要的课题。

八月二十五日,美国的跑步杂志《跑者世界》前来拍照。从加利福尼亚来了一位摄影师,花了一整天时间拍摄我的照片。此人名叫格雷格,是个热情的年轻摄影师,将足以装满一辆轻型小货车的器材,用飞机不远万里地运到了考爱岛。不久前已采访完毕，这次是拍摄用于配合文章的照片，肖像照，以及跑步时的照片。似乎坚持参加全程马拉松的小说家并不多见（并非完全没有，只是为数甚少），他们对我那"跑步小说家"的生活状态产生了兴趣。《跑者世界》在美国是一本阅读者甚广的杂志，所以在纽约也许会有很多人跟我打招呼。想到这里，越发觉得不能跑得太不像话，不禁越发不安。

且将话题推回一九八三年。回到那个杜兰杜兰乐队和霍尔与奥兹二重唱风靡一时、令人怀念的时代。

那一年的七月里，我去了一趟希腊，要独自从雅典跑到马拉松，将那条原始的马拉松路线——马拉松至雅典——逆向跑上一趟。为什么要逆向跑呢？因为清晨便从雅典市中心出发，在道路开始拥堵、空气被污染之前跑出市区，一路直奔马拉松的话，道路的交通量远远小得多，跑起来比较舒适。这不是正式的比赛，自己一个人随意去跑，当然不能指望有什么交通管制。

为什么特地赶到希腊去，独自跑那四十二公里呢？

那是因为偶然有一家男性杂志找上门来，约我："愿不愿去一趟希腊，写写相关游记？"这是一次媒体采访旅行，由希腊国家旅游局主办策划。说是好多家杂志共同参与，旅游路线包括了老一套的遗址观光、爱琴海泛舟之类，只是待这些完结，归国的飞机票可以自由指定日期，在当地想待多久就待多久，想干什么就干什么。我对这类全包式观光旅行本来没什么兴趣，可是旅游结束便一切自由，这一点却魅力十足。再怎么说，希腊毕竟有马拉松的原始路线。我想亲眼看看这条路线，甚至可以亲自跑上一段。对于刚刚成为长跑者的我，这是何等令人兴奋的体验！

且慢！为什么非得是"一段"不可呢？索性将这条线路从头跑到底，如何？

我一提议，杂志编辑部也赞同："那很有意思呀。"我于是得孤身一人，默默跑完有生以来第一条接近全程马拉松的路线了。观众、终点锦带、人群的盛大声援统统没有。然而，这可是原始的马拉松路线啊！还能奢望什么呢？

实际上，沿着雅典至马拉松的道路一直跑，也不到全程马拉松的正式距离42.195公里。还缺了大约两公里。我几年后正式参加雅典马拉松，按照原始的样子从马拉松跑到雅典，才得知这个事实。看过雅典奥运会马拉松比赛转播的人大概记得，从马拉松出发的运动员途中曾经向左方的岔道折进去，绕着某处朴素的遗址转了一圈，然后再回到原来的线路。那就是为了补足短缺的距离。当时我对这些一无所知，从雅典市内一路直奔马拉松，还以为跑足了四十二公里，实际上大约只有四十公里。然而在市内我多跑了一些弯路，伴跑的汽车里程表显示的距离也是四十二公里左右。最终，我也许跑了和全程马拉松极为相近的距离。但时至今日，这些都无所谓了。

我跑过的是盛夏的雅典。去过的人心中有数，盛夏的雅典热得无从想象。当地人下午没事绝不到外边去，什么事儿都不做，节省能量，在凉爽的树荫下睡午觉，天黑了才到外边活动。不妨断言，夏日的午后还在外边走动的基本都是观光客。连狗都躺在树荫下一动不动，究竟是死是活，看了许久许久，还是看不出名堂来。就热到这种程度。在这种季节跑四十二公里，委实是疯狂的举动。

我说起要一个人从雅典跑到马拉松，希腊人异口同声："可别干那种蠢事。那可不是正常人干的事儿。"我对雅典夏日的炎暑毫无知晓，一直比较放松，觉得不过是跑四十二公里，还一心想着距离的问题，无暇顾及气温。然而来到雅典一看，让那份酷暑吓了一大跳，开始觉得"这没准真是不正常的举动"。话虽如此，自己可是夸下了海口的，要亲自跑一趟原始路线，写一篇报道出来，才大老远地赶到希腊来。事到如今哪能退步抽身？左思右想绞尽脑汁，得出结论：为了避免酷暑带来的消耗，只有趁着天不亮就从雅典出发，在太阳升得很高前到达终点。速度越慢，气温上升越快。这简直就是太宰治的小说《奔跑吧，梅勒斯》的世界，所谓跟太阳赛跑。

一同来到希腊的摄影师景山正夫跟着编辑一道乘车伴跑，一面进行摄影。这不是比赛，当然没有供水处，只能接过随时从车上递来的饮料喝几口。希腊的夏季日复一日都是烈日当头，千万得注意不能脱水。

"村上君,你当真打算跑完全程吗?"景山看见我在做长跑的准备,愕然地问道。

"那当然。我为了这个才来的嘛。"

"不过,这种企划嘛,人家一般不会真的跑全程。随便拍几张照片,当中部分差不多就省略啦。哟呵,你倒是真跑啊!"

世上的事真是搞不懂啊。这种事真的在不断发生。

这类事情且由他去,我清晨五点半从后来雅典奥运会使用的奥林匹克竞技场出发,一路直奔马拉松。道路是干线公路,一条大道。跑过才知道,希腊道路的铺设方法和日本的大不相同。他们不用碎石子,而是掺进一种类似大理石粉的东西,在太阳照耀下闪闪放光,很容易打滑。下雨后,驾车必须小心行驶。即便不下雨,鞋底也会发出吱吱的声音,滑溜溜的触感从脚下传来。以下是我当时为杂志写的报道的摘要。

　　太阳雄赳赳地向着中天升去。雅典市内的道路极其难跑。从竞技场到马拉松大道的入口大约有五公里，红绿灯多得要命，奔跑节奏屡被打乱。由于违章停车和施工，人行道多处堵塞，常常不得不下到汽车道去跑，而清晨市内的汽车都是高速行车，跑步者深有生命危险之感。

跑入马拉松大道的时候，太阳开始露出身姿。市内的街灯一起熄灭。盛夏的炎日支配地表的时刻慢慢逼近了。公交车站也开始出现人影。希腊的人们有午睡的习惯，上班时间也相应提早。众人都以诧异的目光遥望着奔跑的我。黎明前奔跑在雅典市内的东方男子恐怕不太常见。雅典是个健身跑者本来就少的城市。

直至十二公里处，都是漫长而徐缓的上坡路，几乎无风。在六公里处脱掉了背心，上半身赤裸。平常我都是光着上身跑步，脱去背心后，感觉十分爽快，事后却得为严重的晒伤苦恼。

跑到斜坡顶上，才觉得终于跑出了城区，松了一口气。人行道悉数消失无踪，由白线勾勒出的狭窄路肩取而代之。上班高峰开始，车辆的数量愈增愈多。就在我身旁，大型巴士和卡车以八十公里左右的时速擦肩而过。"马拉松大道"这个名字总让人感到一种莫名的情趣，其实不过是一条上班的道路而已。

在这里，我遇见了一具狗的尸体。是茶色的大型狗，没看见有什么外伤，就那么横躺在道路正中。恐怕是条野狗，在半夜里被高速行驶的汽车撞死了。看上去微微带着暖意，仿佛还有生息。从一旁疾驰而过的卡车司机瞧都不瞧那狗尸一眼。

再往前一点，看见了被轮胎压瘪的猫。这只猫好似奇形怪状的比萨饼，完全变得扁平，已经干掉，似乎死去很长时间了。

就是这样一条道路。

从东京万里迢迢来到这个美丽的国度，干吗特地在这条煞风景的危险至极的路上玩命奔跑呢？没有其他该做的事情吗？我强烈地质询自己。最终，三条狗、十一只猫，便是这一天在马拉松大道沿线所见的可怜地丢掉性命的动物。我一面计数，一面感到情绪甚为低落。

只管埋头跑步。太阳在我面前暴露出完整的身形，以难以置信的速度朝着中天不断爬升。口渴难忍。连擦汗的空暇都没有。空气极端干燥，汗一下子就从皮肤上蒸发了，只剩下白色的盐。有个形容叫作汗洒如珠，可是我的汗水还未来得及变成珠子，水分就去向不明。浑身上下粘满了盐，火辣辣地疼。舔舔嘴唇，竟有一股类似凤尾鱼酱的滋味。好想喝冷得几乎结冰的、麻酥酥的冰镇啤酒啊！然而这只是痴人说梦。大致每隔五公里，便从驱车伴跑的编辑手中接过饮料来喝。一边跑一边喝下如此之多的水，这还是头一遭。

然而身体状态还不坏。能量还有很多剩余。大约使出七成的力量，维持着不紧不慢的节奏，踏踏实实地奔跑着。上坡和下坡交替出现，由内陆向着海岸跑去，因此以下坡道居多。离开了城区中心，离开了城郊地区，周围渐渐变成了田园风光。途中一个叫奈阿·马可力的小村庄，老人们坐在咖啡馆前的桌子旁，一边用小小的杯子喝早晨的咖啡，一边无言地用目光追逐着我奔跑的身姿，仿佛在目击历史某个不起眼的细节。

在二十七公里处有一个山口，翻过山口，马拉松的山便微微露出身影来。算一算，应当跑完了路程的三分之二。这样跑下去，似乎可以用三小时三十分钟跑完全程。然而这等好事绝不会有。跑过大约三十公里处，风从大海方向迎面吹来，愈接近马拉松，风势愈加强劲。风力之猛吹得皮肤生疼。稍微想省点力气，人就几乎被吹得向后倒退。微微地闻到海的气息。平缓的上坡路开始了。道路是通向马拉松的一条大道，简直就像沿着长长的直尺画出的一条线，笔直如发。从这里开始，正式的疲劳陡然袭来。不论补充多少水分，喉咙也马上便会干渴。好想喝冰凉冰凉的啤酒。

不不，还是别考虑啤酒的事儿，也不去考虑太阳。风的事儿也忘掉它。报道的事儿也要忘掉。只将意识集中到如何把两条腿轮流甩到前方去。除此以外，眼下不再有迫在眉睫的事儿。

跑过了三十五公里。这以后的路对我而言，便是"未知的大地"了。有生以来，我从未跑过三十五公里以上的距离。左手边耸立着净是石块的荒凉群山，一眼望去皆是不毛之地，无法利用。究竟是怎样的人、怎样的众神，特地创造出这种东西来呢？右手边则是一望无际的橄榄园。纵目所及，一切都蒙着一层白蒙蒙的灰尘。和方才一样，令皮肤生疼的风犹自从海上吹来。真是的，干吗非得刮这么大的风呢？

在大约三十七公里处，深深地感到一切令人厌烦。啊呀，我烦啦，不想再跑啦！任怎么想，体内的能量都消耗尽了。那心情就好比揣着空空如也的汽油箱继续行驶的汽车。好想喝水。但我觉得倘若此时停下喝水，恐怕再也挪不动脚步了。喉咙干渴。然而我连喝一口水需要的能量都没剩下。如此一想，便渐渐生出怒气来。对路边正在惬意吃草的羊，对坐在车中不停地按快门的摄影师也开始光火：快门的声音太大！羊的数量太多！按快门是摄影家的工作，吃草是羊的工作，毫无挑刺儿的理由，然而我还是怒火难捺。皮肤上到处开始出现白色的小小隆起，那是晒伤造成的水疱。要出大事了。这鬼天气怎么这么热！

跑过了四十公里。

"还剩下两公里啦。加油！"编辑在车里愉快地鼓劲。"动动嘴皮子喊喊当然简单喽。"我想回敬一句，但仅仅是想想，发不出声音来。赤裸裸的太阳异常灼热。还没到上午九点，已经热得惊人。汗水流入眼睛里。因为盐分的缘故，像针扎般疼，有好一会儿什么也看不见。很想用手去擦，然而手上脸上都是盐，擦了眼睛只会更疼。

在长得高高的夏草背后，终点显得很小。那是矗立在马拉松村口的马拉松纪念碑。那是否真的是终点，起初无法判断。我觉得作为终点，它的现身过于突兀。望见终点总是令人高兴的事，可是它那般突兀，又让人莫名其妙地生气。到了最后关头，我很想用尽最后的死力加速猛冲，然而两条腿怎么也不肯往前去。我想不起该如何运动身体。浑身的肌肉仿佛被人拿着锈迹斑斑的刨子在拼命刨挖。

终点。

终于跑到了终点。什么成就感，根本毫无感觉。满脑子是"终于不用跑下去了"这样一种安心感。借用加油站的自来水龙头将浑身的灼热平息下去，把粘满全身的白色盐粉洗刷个干净。我仿佛是个盐人一般，全身上下都是盐。加油站的大爷听了我们的说明，剪下花盆里栽种的花儿，做了一个小小的花束，送给了我。"好啊好啊，祝贺你。"异国他乡的人这种小小的关爱，给人刻骨铭心的感动。马拉松是个热情的小村子，一个宁静和平的村子。很难想象就在这样一个地方，几千年前希腊军队经过惨烈的战斗，在国门之外击败了波斯的远征军。在早晨的马拉松村咖啡馆里，我尽情享用了冰镇的阿姆斯特尔啤酒。啤酒诚然好喝，却远不像我在奔跑时热切向往的那般美妙。失去理智的人怀抱的美好幻想，在现实世界中根本是子虚乌有。

从雅典到马拉松村用的时间是三小时五十一分。说不上是个好成绩，但是我毕竟独自一人跑完了全程马拉松，还与交通地狱、绝难想象的酷暑、剧烈的口渴为伴，大约为之自豪亦不妨。然而这种事情此时此刻都无所谓。一步也不必再跑了——这才是最为喜悦的事儿。

哈哈，不必再跑啦！

这就是我人生第一个四十二公里，差不多是。在如此苛酷的条件下跑完四十二公里，谢天谢地，这也是最后一次。那一年十二月的火奴鲁鲁马拉松，我以还说得过去的成绩跑完了全程。夏威夷尽管炎热，但是跟雅典相比就显得可爱了。因此，火奴鲁鲁马拉松对我来说才是全程马拉松的处女跑。打那以来，每年参加一次全程马拉松赛，就成了习惯。

时隔许久重读这篇文章，我发现一个事实：二十多年已经逝去，我也跑过了几乎与年数相等的全程马拉松赛次，可是跑完四十二公里后的感受，与最初那一次相比似乎没有多大变化。现在依然如故，每次跑马拉松，我大体都会经历相同的心路。跑到三十公里，总觉得"这次没准会出好成绩呢"。过了三十五公里，体内的燃料便消耗殆尽，开始对各种事物大为光火。到了最后，则生出"揣着空空如也的汽油箱继续行驶的汽车"般的心情。然而跑完后不久，曾经的痛苦可悲的念头眨眼间忘得一干二净，还下定决心："下次要跑得更好！"任凭积累了多少经验，增添了多少岁，还是一再重复相同的旧事。

是的，这种模式无论如何都不接受改变。我以为。如果必须同这种模式和平共处，我只能通过执着的反复改变或扭曲自己，将它吸收进来，成为人格的一部分。

哈哈。

第四章　／　2005 年 9 月 19 日
东京

我写小说的许多方法，
是每天清晨沿着道路跑步时学到的

九月十日，我离开了考爱岛返回日本，逗留两周。

在日本，我驾车往来于东京的寓所兼事务所和位于神奈川县的家之间。自然，在此期间我仍坚持跑步，不过久未归国，许多工作正排着长队等待我，这些都得由我一件件亲自处理，还有很多人非见不可，所以无法再像八月那样自由自在地跑步。于是我只好见缝插针，得空就跑长距离。在日本期间跑过两次二十公里，一次三十公里。一天跑十公里的节奏好歹维持下来。

我还有意识地练习跑坡道。在我家周围，有一条有坡道起伏的环形跑道，高低落差恐怕有五六层楼高，我绕着它跑了二十一圈，时间为一小时四十五分。那是个异常闷热的日子，所以相当累人。纽约城市马拉松差不多都是平坦的线路,但一共得通过七座很大的桥,大多是吊桥,中央高高地隆起。纽约城市马拉松我已跑过三次,这漫长的高低起伏出人意料地累脚。

而且等在路线最后的进入中央公园后的坡道,起伏更是剧烈,每次总是在这里减速。中央公园内的坡道,坡度还算徐缓,早上晨跑时丝毫不觉得艰苦,然而在马拉松比赛最后阶段来到这里,它简直像绝壁一般阻挡在面前,将人储存到最后的那点气力毫不留情地夺走。尽管呵斥着激励自己"马上就要到达终点了",向前挺进的却只是心情,终点总也不见近前来。喉咙干渴,胃却不再要求水分。腿上的肌肉开始发出悲鸣,也是在这一带。

我并非不擅长跑坡道。一旦路线上出现坡道,总在那里超过其他跑者,故而还是欢迎坡道的。然而中央公园那最后的坡道,每次总令我心灰意冷。很想轻松地跑完最后的几公里,全力疾跑,面带微笑冲过终点。这是我此次比赛的目标之一。

即使练习量有所下降,也不可中断练习两天以上,这是积累奔跑量时的基本规则。肌肉很像记忆力良好的动物，只要注意分阶段地增加负荷量，它就能自然地适应和承受。示以实例，反复地说服肌肉："你一定得完成这些工作。"它就会"明白"，力气逐渐大起来。当然需要花费时间。过分奴役肌肉，它会发生故障。然而肯花时间循序渐进，它就毫无怨言，只会偶尔苦着脸，顽强而顺从地不断提升强韧度。通过一再重复，将"一定得做好这些工作"的记忆输入肌肉里去。我们的肌肉非常循规蹈矩，只要我们严格遵守程序，它就无怨无恨。

倘若一连几天都不给它负荷，肌肉便会自作主张："哦，没必要那么努力了。哎呀，太好了。"然后自行将承受极限降低。肌肉也同有血有肉的动物一般无二，它也愿意过更舒服的日子，不继续给它负荷，它便会心安理得地将记忆除去。想再度输入的话，必须得从头开始，将同样的模式重复一遍。休息是必要的，然而比赛迫在眼前的重要时期，得严肃地给肌肉下达最后通牒，将毫不含混的信息传达给它："这可是一丝一毫也马虎不得的！"当然不能让它超负荷，但一定得和它维持着绝不松懈的紧张关系。处理个中的钩心斗角，有经验的跑者自然得心应手。

在日本逗留期间，正值新的短篇小说集《东京奇谭集》出版，为此要接受几个采访。预定十一月上市的音乐评论集的校样需要修改，封面设计也得协商。明年将以丛书形式出版的平装本《雷蒙德·卡佛作品集》的校样要修改。趁这次改为平装本，我打算将现有的翻译全面校订一遍，这也需要时间。还得为明年将在美国出版的短篇集《盲柳，睡女》写一篇长序。与此同时，还得忙中偷闲（并非受了什么人委托），孜孜不倦地写这样关于跑步的文字，就像沉默寡言又热爱学习的乡村铁匠一般。

几桩事务也必须处理。我在美国生活期间，在东京的事务所帮忙的女助手忽然提出明年年初要结婚，今年就得辞职，还得找人来接替她。暑期东京事务所又不能关门。返回剑桥后，预定到几家大学去演讲，还得为此做些准备。

如此繁多的事情，要在很短的时间内有条不紊地处理完毕。为了迎接纽约的比赛，还要积累练习量。简直连"追加人格"都想动员起来帮忙。不管怎样,反正得坚持跑步。每天跑步对我来说好比生命线,不能说忙就抛开不管,或者停下不跑了。忙就中断跑步的话,我一辈子都无法跑步了。坚持跑步的理由不过一丝半点,中断跑步的理由却足够装满一辆大型载重卡车。我们只能将那"一丝半点的理由"一个个慎之又慎地不断打磨,见缝插针,得空就孜孜不倦地打磨它们。

在东京时,基本是去神宫外苑跑步。那是神宫球场旁边的环形跑道,跟纽约的中央公园当然无法相比,不过在东京的闹市中心,却是十分少见的绿意盎然的地段。这条跑道我长年累月地跑惯了,连细微之处都铭刻在脑子里。哪儿有坑哪儿有洼都记得一清二楚。对于需要时时意识到距离的练习,这儿最合适不过。问题是这一带交通量很大,在某些时间行人也很多,空气不太干净。不过在东京的正中心,就不可奢求了。况且它就在住所附近,仅此一点就该谢天谢地。

神宫外苑跑一圈是一千三百二十五米,每隔一百米路面上就刻有标志,跑起来十分方便。我决定要每公里跑五分半或是五分，甚或四分半时，就使用这条跑道。我刚开始在外苑跑步时，濑古利彦还是现役，他也在这儿练习，为了迎战洛杉矶奥运会，一副拼死的架势玩命地练习。他的脑袋里只有金光闪闪的奖牌。上一次的莫斯科奥运会，出于政治原因他未能参加，洛杉矶奥运会大概是赢取奖牌的最后机会了。他周身飘溢着一种悲壮，我们看看他奔跑时的眼睛就能发现这一点。那时候中村清教练还健在，S&B食品公司的田径队里还聚集着大批实力派选手，一股势不可挡的劲头。S&B田径队日常练习时经常使用这条外苑跑道，多次与他们交臂而过，一来二往，我和这支队里的选手自然成了相识，还去冲绳采访过他们的训练。

他们在去公司上班之前，一大清早便各自来练习，下午再全队进行集体训练。而我每天早上七点在这里慢跑——这一时段交通量较小，行人不多，空气也比较清新，所以常常同S&B选手擦肩而过，向彼此行注目礼，下雨的日子还会相视一笑，好像在说"都不容易啊"。记得最清楚的是谷口伴之和金井丰这两位年轻的选手。两人都处于人生二十年代的后半期，好像是早稻田大学田径部出身，学生时代曾在箱根长跑接力赛上大显身手。濑古君就任教练后，他们成为 S&B 的年轻王牌选手，被寄予厚望。我觉得他们将来大有摘取奥运会奖牌的可能。然而两人却在北海道夏季集训期间，乘车时遭遇了交通事故，同时身亡。我亲眼见过他们经历了何等残酷的训练，所以听到他们去世的消息时受到了极大的冲击，痛心不已，遗憾不尽。

我同他们并无私下交往，也几乎没有直接交谈过。两人都是新婚，我也是在他们去世后才听说的。但同为长跑者，每日在路上相逢，彼此间似乎有心心相通之处。哪怕水平上有天壤之别，有些东西却只有长跑者自己才明白。

直到今日，我清晨跑在神宫外苑或赤坂御所周边的跑道上时，还不时想起他们来。转过弯道时，有时觉得他们好像呼着白气，正从对面默默跑过来。经受了那般残酷训练的他们，胸怀的希望、梦想和计划究竟都消失到了哪里呢？人的思绪也会伴随着肉体的死亡，草草消逝无踪么？

在神奈川我家附近，可以进行与东京完全不同的练习。前面讲过，我家附近有一条很陡的环形跑道。还有一条跑一圈得花三个小时、练习全程马拉松甚为合适的跑道。大部分都是沿着河岸与海滨的平坦道路，既不会有汽车驶过，也几乎没有信号灯。和东京不同，这里空气清新。孑然一人跑三个小时颇有些无聊，不过可以听着喜欢的音乐，做好心理准备，优哉游哉地去跑。但是这条跑道得跑出去很远，再折过头来往回跑，一旦跑出去了，就不可能说"跑累啦，半道上回去吧"。就是爬，也得爬回家里才成。因此这也算是个令人满意的环境。

我来说说写小说的事儿。

接受采访时，常有人提问："对小说家来说，最为重要的资质是什么？"不必说，当然是才华。倘若毫无文学才华，无论何等热心与努力，恐怕也成不了小说家。说这是必要的资质，毋宁说是前提条件。如果没有燃料，再出色的汽车也无法开动。

然而才华的问题是，在大部分情况下，它的质量与数量都是主人难以掌控的。有时我们心想数量有些不足，最好再增加一点，或是寻思，节约点使，每次只拿个一星点出来，好使得长久些。哪有这等好事！才华这东西跟我们的一厢情愿毫不相干，它想喷发的时候便径自喷涌而出，想喷多少就喷多少，而一旦枯竭则万事皆休。像舒伯特和莫扎特那样，或某类诗人和摇滚乐手那样，将丰润的才华在短暂的时期内汹涌澎湃地使光用尽，然后戏剧性地逝去，化作一个美丽的传说，这样一种活法固然极具魅力，对我们大多数人却不具参考意义。

才华之外，如果再列举小说家的重要资质，我将毫不犹豫地举出集中力来。这是将自己有限的才能汇集起来，倾注在最为需要之处的能力。没有它便不足以做成任何大事。好好使用这种力量，就能弥补才华的不足和偏颇。我每天在早晨集中工作三四个小时。坐在书案前，将意识仅仅倾泻于正在写的东西上，其他什么都不考虑。我想，哪怕拥有横溢的才华，哪怕脑子里充满奇思妙想，假如牙痛得厉害，那位作家也恐怕什么东西都写不出来，因为他的集中力受阻于剧烈的疼痛。

继集中力之后，必需的是耐力。即便能一天三四小时集中意识执笔写作，坚持了一个星期，却说"我累坏啦"，这样依然写不出长篇作品来。每天集中精力写作，坚持半载、一载乃至两载，小说家（至少是有志于写长篇小说的作家）必须具有这种耐力。姑且把这些比作呼吸法。假如说集中力是屏住呼吸，耐力就是一面屏气，一面学会安静徐缓地呼吸。这两种呼吸法如果不能保持平衡，就难以长年累月地作为职业作家坚持写小说。得一面屏住呼吸，一面继续呼吸。

值得庆幸的是，集中力同耐力与才能不同，可以通过训练在后天获得，也可以不断提升资质。只要每天坐在书桌前，训练将意识倾注于一点，自然就能掌握。这同前面写过的强化肌肉的做法很相似。每天必须不间断地写作，必须集中意识工作——将这样的信息持续不断地传递给身体系统，让它牢牢地记住，再悄悄移动刻度，一点一点将极限值向上提升，注意不让身体发觉。这跟每天坚持慢跑，强化肌肉，逐步打造出跑步者的体型是异曲同工的。给它刺激，持续。再给它刺激，持续。这个过程当然需要耐心，不过一定会得到相应的回报。

优秀的侦探小说家雷蒙德·钱德勒曾在私信中说过："哪怕没有东西可写，我每天也肯定在书桌前坐上好几个小时，独自一人集中精力。"他这么做是为了什么，我完全能理解。钱德勒通过这样做来提高职业作家必需的膂力，静静地提高士气。这样一种日常训练对他必不可缺。

我认为写作长篇小说是一种体力劳动。写文章属于脑力劳动，然而写出一本大部头来更近于体力劳动。诚然，写书并不需要举起沉重的物体，也不需要飞速地奔来跑去，高高地蹲上跳下。世间很多人似乎只看到表面，将作家的工作视为宁静而理性的书斋劳动，以为有了足以端起一只咖啡杯的力量，就能写小说了。试一试立即就会明白，写小说并非那么安逸的工作。坐在书桌前，将神经如同激光束一般集于一点，动用想象力从"无"的地平线上催生出故事来，挑选出一个个正确的词语，让所有的情节发展准确无误——这样一种工作，与一般人想象的相比，更为长久地需要远为巨大的能量。这固然不必运动身体，劳筋动骨的劳动却在体内热火朝天地展开。当然，思索问题的是脑子，小说家却要披挂着叫"故事"的全副装备，动用全身进行思考，这要求作家无情地驱使（许多时候是奴役）肢体能力。

才华横溢的作家可以下意识甚至无意识地进行这样的工作。尤其是年轻人，只要具备超出一定水平的才华，坚持写小说并非什么困难，形形色色的难关轻而易举便能闯过去。年轻就意味着浑身充满自然的活力。如若需要，集中力和耐力会自己跑过来。年轻而富有才华，就等于在背上长了一对翅膀。

然而，这样的自在随着年纪渐长，逐渐失去天然的优势和鲜活。曾经唾手可得的东西，超过一定年龄后，就不能轻易拿到了。这好比速球派棒球投手的球速，会一点点地慢下去。诚然，人格的成熟也许会弥补才华的衰减，就好比速球派投手在某个时间改弦更张，转而改投以变化球为主的头脑派投球。这种弥补当然是有限的，从中还能感受到丧失优势后那淡淡的悲哀。

不是那般富于才华、徘徊在一般水平上下的作家，只能从年轻时起努力培养膂力。他们通过训练来培养集中力，增进耐力，无奈地拿这些资质做才华的"代用品"。如此这般好歹"苦撑"时，也可能邂逅潜藏于自己内部的才华。手执铁锹，挥汗如雨，奋力在脚下挖着坑，竟然瞎猫撞着了死老鼠，挖到了沉睡在地下的神秘水脉，真是该说幸运。而追根溯源，恰恰是通过训练拥有了足够的膂力，深挖坑穴才成为可能。到了晚年，才华之花方才怒放的作家，多多少少都经过这样的历程。

这世上的确存在才华永不枯竭、作品品质从不下降、真正才华横溢的巨人，尽管那般罕见。如何使用也不会枯涸的水脉，对文学来说实在是值得庆贺的好事。如果没有这些巨人，文学的历史肯定不是今天这个样子。拥有如此灼灼才华，足以自豪。具体地举出名字，则有莎士比亚、巴尔扎克、狄更斯……然而巨人毕竟是巨人，他们怎么说都是例外的神话般的人。世上大半的作家并非巨人，我当然也是其中一员，只能各自想方设法努力，从不同的侧面弥补才华上的不足。否则不可能持之以恒，写出多少有点价值的小说来。采用何种方法，从哪个方面来补足自己，则会成为每个作家的个性，成为其独特的妙味。

我写小说的许多方法，是每天清晨沿着道路跑步时学到的，是自然地，切身地，以及实际地学到的。应将自己追问到何处为止？何种程度的休养才是恰当的，而多少又是休息得过分？到何种程度才是妥当，到什么程度又是狭隘？外部的风景该撷取多少为好，内心的世界又该挖掘多少为妙？对自己的能力应该相信多少，又该对自身有多少怀疑？假如当初我改行做小说家的时候，没有痛下决心开始长跑，我的作品恐怕跟现在写出来的东西有很大不同。究竟会如何不同呢？我可不知道。不过差异肯定存在。

无论如何，从不间断地坚持跑步令我满足。我对自己现在写的小说也很满足，甚至满怀欢喜地期待下一次出的小说是什么样子。作为一个不完美的人、一个有局限性的作家，我走过了充满矛盾、毫不起眼的人生旅途，却依然怀着这样的心情，这不也是成就之一吗？不无夸张地说，我觉得称之为"奇迹"也无妨。如果每日的跑步对取得这样的成就多少有帮助，我得向跑步表示深深的感谢才是。

世上时时有人嘲笑每日坚持跑步的人："难道就那么盼望长命百岁？"我却觉得因为希冀长命百岁而跑步的人大概不太多。怀着"不能长命百岁不打紧，至少想在有生之年过得完美"这种心情跑步的人,只怕多得多。同样是十年,与其稀里糊涂地活,目的明确、生气勃勃地活当然令人更满意。跑步无疑大有裨益。在个人的局限性中,可以让自己更为有效地燃烧,哪怕只是一丁点,这便是跑步一事的本质,也是活着(在我来说还有写作)一事的隐喻。这样的意见,恐怕会有很多跑者赞同。

到东京事务所附近的健身馆去了一趟,请他们帮忙拉伸肌肉,这是一种借助外力的拉伸。自己无法好好拉伸的部位,则借助健身教练的帮助来拉伸它。由于长期严格的练习,浑身的肌肉紧绷僵硬,不偶尔这般拉伸一下,比赛之前身体没准就会超负荷。将身体逼到极限固然重要,但超过了极限,本利都会蚀光了。

帮我拉伸的健身教练虽是位年轻女子,却身强力大。这意味着她给我的"外力"伴随着相当的(该说是剧烈的)疼痛。半个小时的拉伸结束后,连内衣都被汗水浸得透湿。"你真厉害呀,居然能把肌肉弄得邦邦硬,差点就痉挛啦。"每次她都惊诧不已,"一般人的话,早就出毛病啦。你居然还能平安无事！"

照这个样子继续折磨肌肉，早晚要弄出乱子来，她说。也许确实是这样。但我总觉得（或希望）能对付过去。长期以来，我一直是这么凑合着跟自己的肌肉打交道。集中训练时，我的肌肉总会紧绷僵硬。早晨穿好慢跑鞋抬腿跑出去，两腿沉重无比，甚至觉得它们永远不会正常运动了。几乎是拖着双腿在路上缓慢地向前跑动，甚至连附近那些快步走着的老太都追赶不上。然而我忍耐着，跑着跑着，肌肉竟一点点地松弛开来，约莫过了二十来分钟，好歹能跑得像寻常人一样了，速度也出来了。之后便不觉得特别痛苦，一直机械性地跑下去。

我的肌肉得花些时间才能开动，启动极其缓慢。一旦完成预热开始工作，它就能毫不费力、状态上佳地连续工作很长时间。这不妨说是典型的"适于长跑"的肌肉，根本不适合短跑。倘若跑短跑，弄不好还没等我的肌肉发动起来，比赛就宣告结束了。我不懂专业方面的知识，但这种肌肉的特性恐怕天生如此，而且同我的精神特质密切相连。莫非人的精神为肉体的特质左右？抑或恰恰相反,是精神的特质对肉体起作用?还是两者密切地相互影响、相互作用呢?我只能说,恐怕人生来就有类似"综合性倾向"的东西,不管喜欢还是不喜欢,都无法逃离与摆脱。这种倾向可以进行调整,却不能从根本上改变。人们把它称作"天性"(nature)。

我的脉搏一般每分钟只有五十跳。我以为属于相当慢的。顺带提一句,听说在悉尼奥运会上勇夺金牌的高桥尚子是三十五跳。但跑了大约三十分钟,我的脉搏就会上升到接近七十跳。而全力跑完全程时会达到近一百跳。亦即说跑了一定的距离,才达到普通人的脉搏数。这明显是适于长跑的体质。每天坚持跑步以来,脉搏显而易见地慢了下来,说明为了适应长距离奔跑,身体自己在调整脉搏。假若脉搏本来就快,随着奔跑距离的增加越发上升,心脏立刻便会超负荷。去美国的医院看病时,护士先为病人提供类似预诊的服务。量脉搏时,她们总是说我:"哦,你是个跑者嘛。"恐怕在很长一段时间内,长跑者的脉搏数都会趋同。跑在街头,一眼就能分辨出长跑新手和老手。呼哧呼哧地短促喘气的是新手,呼吸安静匀称的则是老手。他们心跳徐缓,一面沉涵于思考之中,一面铭刻下时间的痕迹。我在路上与他们交臂而过时,总是倾听彼此的呼吸,感受彼此铭刻时间的方式,就像作家们感受彼此的表现方式一样。

闲话休提,我的肌肉现在紧绷绷,相当僵硬。不管自己如何大做特做伸展运动,它怎么也不肯变得柔软起来。即使在训练的高峰期,我依然觉得它太僵硬。有时候,我会用拳头砰砰地使劲敲打腿上僵硬的部位,让它松软下来,当然很疼。然而,就像我有点顽固一样,我的肌肉也十分顽固,或许更甚。肌肉记忆着,忍耐着。在一定程度上,它也会进步,却不肯妥协,也不肯给我通融。不管怎样,这是我的肉体,有着极限和倾向。与容颜和才华相同,即便有不尽如人意之处,也没有足以取而代之的东西,只能靠它拼命向前。随着年华老去,这种状况便自然而然地形成了,就好比打开冰箱,只用里面剩余的东西,利利索索地烹调出随意但不无巧妙之处的菜肴来。哪怕只有苹果、洋葱、奶酪和梅干,也不吐怨言。手头上能有点东西,就应该感恩戴德了。能够这样思考问题,是年华渐去一事为数不多的好处。

时隔许久再次在东京街头跑步。九月的东京依然酷热，都市的残暑特别严酷。我全身大汗淋漓，默默地跑步，感觉到帽子湿得滴下水来，看得见汗水从身上飞散出去。汗水飞溅的影子清晰地映在路面上。汗珠掉在道路上，须臾便蒸发掉了。

不论何处，跑长跑的人望去都是相似的。人人都像在思考什么问题，也许什么都没想，却似乎聚精会神。天气如此炎热，居然还在跑步啊！不知不觉便生出钦佩，但仔细一想，我其实也在做相同的事。

正跑在外苑的跑道上，一位偶然路过的女子冲着我呼喊致意。是我的一个读者。这样的事情鲜少见到，偶尔有之。我驻足与她简短地交谈几句。"有二十多年了，我一直在阅读您的小说。"她二十岁未到便开始阅读我的小说，而现在已近四十了。人啊，都会公平地加龄增岁。"谢谢你。"我说。微微一笑，握手，告别。恐怕我的手上净是汗水。然后我重开步伐。她朝着她的目的地（究竟是何处，我不得而知）继续走去，我则朝着我的目的地继续奔跑。我的目的地在何处？当然是纽约。

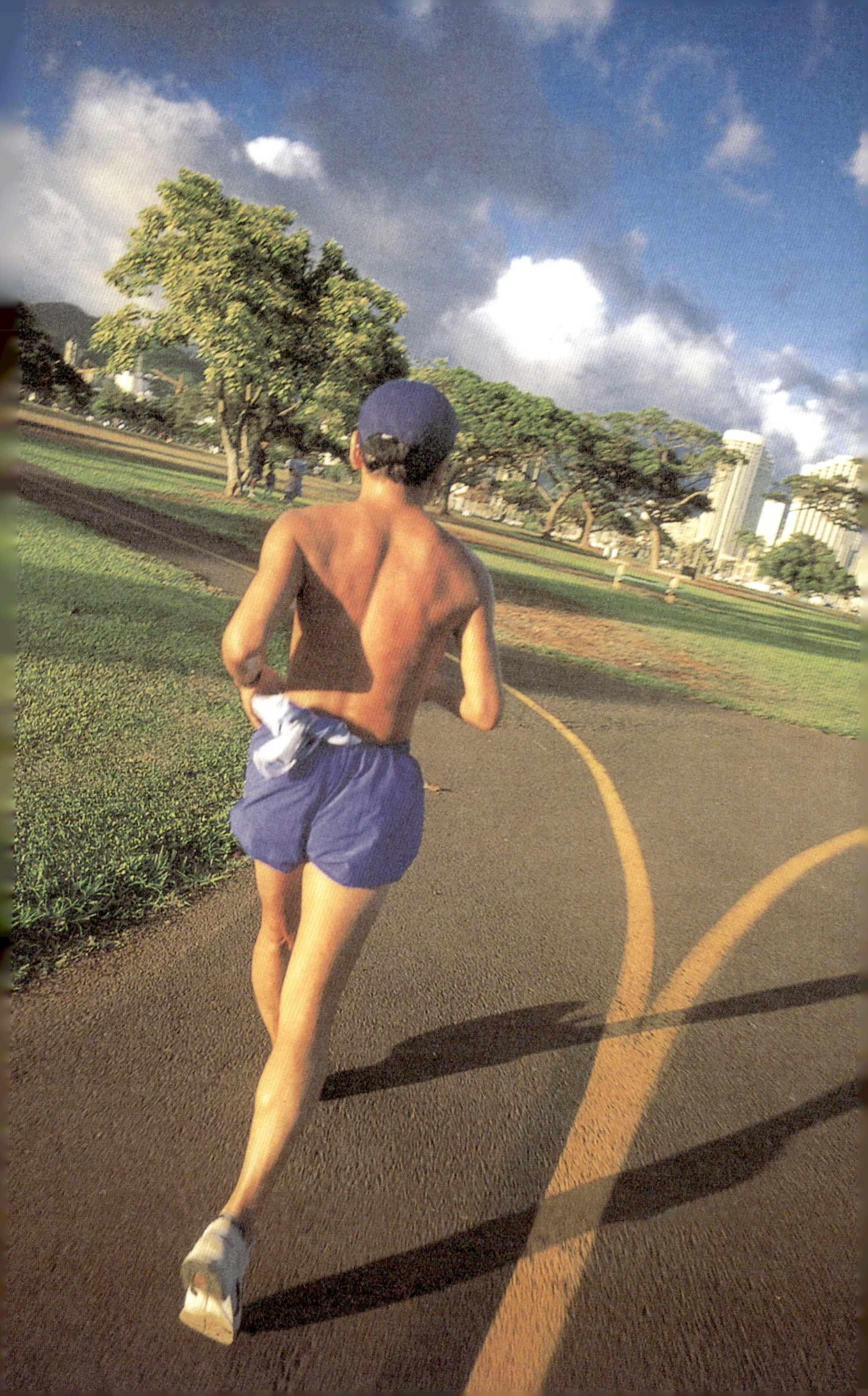

1983年7月18日，首次在马拉松发源地
希腊马拉松市迎来全程马拉松比赛

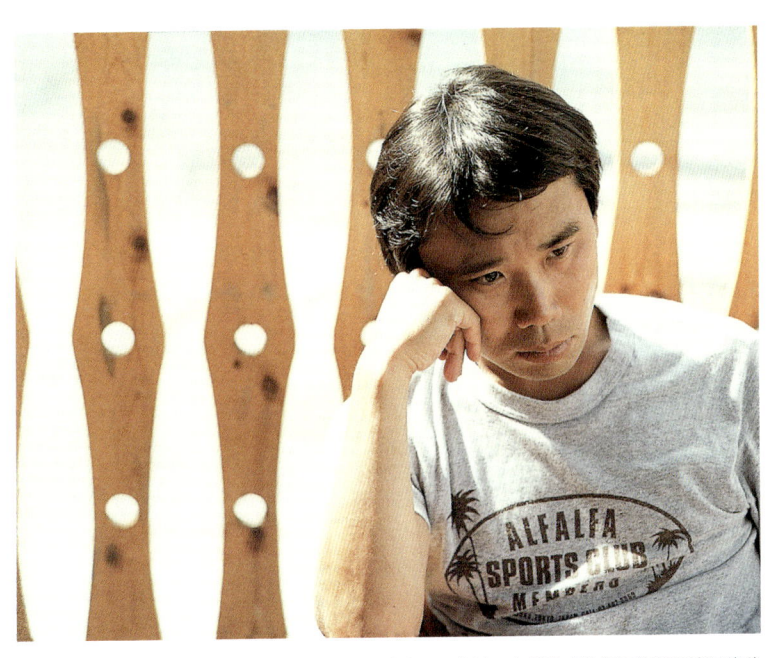

跑完全程马拉松,在希腊式的餐厅兼咖啡馆里休憩

起跑后12公里处,一个劲地奔跑在漫长而起伏的马拉松市内的路上

1995年4月16日于塔夫斯大学的操场

1993年至1995年，住在马萨诸塞州剑桥，在塔夫斯大学工作

波士顿查尔斯河畔经常可见跑步者的身影

1994年4月18日,波士顿马拉松大赛当天,
中央稍左,身穿深蓝色运动服的人为作者

1996年6月23日，佐吕间湖100公里超级马拉松比赛
在55公里处的最后一站换过衣服后，挑战高低起伏最大的一段路线

冲刺！11个小时42分钟，跑完100公里

97公里，穿过稚原生花园

1997年8月某日，于东京江户川自行车训练环道，跟随教练身后进行自行车特训

1997年9月28日，村上国际铁人三项大赛，
头戴自行车比赛头盔

由游泳比赛向自行车比赛进发，为保"至死都是18岁"，
挑战自行车比赛难关

第五章 / 2005年10月3日
马萨诸塞州剑桥

即便那时的我有一条长长的马尾辫子

波士顿一带，令人萌生想诅咒一切的念头的日子，一个夏季里总有那么几天。只要扛过那几日，其余的日子倒是相当不错。富裕的人都忙不迭地赶到沃蒙特或鳕鱼角避暑去了，城里因此变得空空荡荡，十分惬意。行道树将阴凉的树影洒落在沿河的路上。闪耀着炫目光斑的河面上，哈佛大学或是波士顿大学的学生正在勤奋地练习划船。女孩子们在草坪上铺上沙滩巾，听着随身听或是 iPod，身穿慷慨的比基尼晒着日光浴。卖冰激凌的摆出了由轻便卡车改造的货摊。有人弹着吉他，唱起尼尔·杨的老歌。长毛犬目不斜视地追逐着飞盘。支持民主党的精神科医生（大概是）乘坐着暗红敞篷轿车，迎着黄昏的风，在沿河的道路上呼啸而过。

然而不久,新英格兰那独特的短暂而美丽的秋天,便忽进忽退地来了。那周遭满眼尽是的深绿色,一点一点将位子让给了依约而来的金黄。继而到了跑步时得在短裤外再加一条宽松运动裤的时候,枯叶随风起舞,橡子敲打在沥青路面上,发出咚咚的声响,那坚硬而干脆的声响传向四方。此时,勤勉的松鼠为了过冬的食粮四下奔忙,累得连神色都变了。

过完万圣节,冬天好像一个干练的税务官,简洁少语、确实无误地姗姗走来。不知何时,河里已结上一层厚厚的冰,赛艇也消失了踪影。愿意的话,你可以徒步从冰面走到河对岸去。树木连一片叶子也不剩,悉数落光,细细的枝条被风吹得碰来撞去,如同干枯的骨头,发出咔嗒咔嗒的声响。在那高高的树上,可以看见松鼠筑好的窝。它们大概正在那巢中做着宁静的梦。从不怯场的黑额黑雁成群地由北向南飞来,哦,北边还有比这里更加寒冷的地方。刮过河面的风好似刚刚磨亮的大砍刀,寒冷锐利。白天迅速变短,云层愈来愈厚。

我戴上了手套,将绒线帽一直拉到耳朵下面,还蒙上了巨大的口罩,但还是冻得指尖发僵,耳垂针刺般的疼。只是寒风倒也罢了，还能扛得过去，要命的是大雪。堆积起来的雪，还在半夜里就化作滑溜溜的巨大冰块，固执地阻塞着道路。我们只好放弃了跑步，要么在室内泳池里游泳，要么骑在那无聊的健身单车上，调整着体力，等待春天到来。

这里是查尔斯河。人们来到这里，按照各自的风格，围绕着河流打发时日。有的仅仅是悠闲地漫步，有的则是遛狗。有人骑自行车，有人慢跑，或是愉快地滑着旱冰——那么危险的东西如何能"愉快地玩"，老实说，我是百思不得其解。人们简直就像被某种磁力吸引来一般，集中到这河畔。

也许每天看见许多的水，对人类具有重大意义。啊啊，或许有点夸大其词，但对我来说算是一件重大的事情。若是一段时间没有看到水，我便有一种渐渐失去什么东西的心情。同酷爱音乐的人却因为某种缘故长期远离音乐，感觉多少有些相似。与我生于海边长于海边的事实，或许多少也有关系。

水面每天微妙地变化，改变颜色、波浪的形状和河水的流速。季节则确确实实地改变着环拥河川的植物和动物。大小不同形状各异的云朵随兴所至，突然现身遂又逝去。河流沐浴着太阳的光辉，将那白色光影的去来忽而鲜明忽而暧昧地映在水面上。根据季节的不同，简直有如切换开关，风向会发生变化。而根据触感、气味和风向，我们能明确地感受到季节推移的刻度。在这样一种伴随着真实感的流移变幻之中，我认识到自己在自然这巨大的马赛克当中，只不过是一块微小的彩片；亦如河里的水，不过是流过桥下奔向大海的、可以置换的自然的一部分。

到了三月，坚固的雪终于融化，待到化雪后那令人生厌的泥泞也已干涸，人们脱去厚厚的外套，浩浩荡荡地来到了查尔斯河畔（看河畔的樱花还为时尚早，在这座城市，樱花是五月里开花）。"好啊，看来万事俱备了……"就这样，波士顿马拉松来了。

现在是十月初。穿着一件背心跑步，到底觉得冷。要穿长袖衫，似乎又太早。距离纽约的赛事还有一个月，必须逐渐减少"里程"，将积累至今的疲劳渐次消除，用英语说叫 tapering 期。从现在起，无论多跑多少距离，都于比赛无益了，反而会拖后腿。

回顾至此的跑步练习量，我似乎是以一种蛮不错的节奏，为比赛做好了准备。

　　6月　260公里
　　7月　310公里
　　8月　350公里
　　9月　300公里

练习量描绘出一个优美的金字塔形状。换算成每周的练习量，即为：六十公里→七十公里→八十公里→七十公里。十月里大概会以与六月相同的节奏——每周六十公里来完成练习。

崭新的美津浓跑鞋买好了。在剑桥的 City Sports 里试穿了许多不同品牌的跑鞋，终于选中了跟现在练习时穿的鞋相同的美津浓。分量轻，脚踝处的软垫也稍硬一些，一如往常，是那种不屑去讨好顾客的脚感。这家厂商的鞋子正因为没有刻意添加任何噱头，才令我有一种自然的信赖之感。这当然只是我的感想，萝卜青菜各有所爱吧。从前，我曾有机会跟美津浓跑鞋的销售负责人交谈过，当时他很有些不平："我们公司的鞋子外形朴素，不引人注目。虽然对于产品，我们很有自信，可就是看上去不讨人喜爱呀。"我明白他想表达的意思：这种鞋子既没有新奇的噱头，又缺乏时尚感，也没有哗众取宠的广告词，因此对一般消费者来说不太有魅力。比诸汽车的话，可能跟日本的斯巴鲁汽车的形象颇为相近。然而它的鞋底能够准确而耿直地牢牢抓住路面。从经验来说，作为与我相伴跑过四十二公里行程的搭档，它无可挑剔。最近各家的跑鞋性能都有了飞跃性的提高，但凡到了一定价位，选购任何厂家的鞋其实都不会有太大差距。尽管如此，还是有感觉上的些微差异。而跑步者时时追求的，便正是这样一种微妙之处。

　　接下去，直至正式比赛，我要花上一个月的时间，让两只脚慢慢地习惯这双新鞋。

　　长期练习带来的疲劳尚未消解，因而怎么也跑不出速度来。沿着清晨的查尔斯河，我依照自己的步调信步慢跑，却被大概是哈佛新生的女生们从背后一一赶超过去。她们大多娇小玲珑，苗条瘦削，身穿印有哈佛标志的深红色 T 恤，一头金发扎成马尾辫子，一面听着崭新的 iPod，一面英姿飒爽地沿着道路向前直奔。人们无疑从中感觉到了某种攻击性和挑战性的东西。她们似乎习惯一个个地超越众人，不习惯被别人超越。她们一望便知是优秀的，是健康的，深具魅力，严肃认真，而且充满自信。她们的奔跑怎么看都不是适合长跑的跑法，而是典型的中距离跑。步幅很大，步伐矫健有力。一边赏玩周边的风景一边优哉游哉地跑步，恐怕与她们的思维方式格格不入。

与之相比，我对败绩早已习以为常。这绝非自夸。人世间令我徒叹无奈的事情多如牛毛，使尽吃奶的力气都无法战胜的对手也不计其数。然而她们恐怕还不曾体验这样的苦痛，当然，不必非得现在就体验。瞅着她们那荡来晃去摇曳不已、似乎有些扬扬自得的马尾辫子，以及修长而好斗的双腿，我不着边际地思考着诸如此类的事儿，保持自己的步调，优哉游哉地跑在沿河的道路上。

我的人生中也曾有过这等辉煌的日子么？是呀，或许有过那么几天。但即便那时我也有一条长长的马尾辫子，恐怕也不曾像她们那般摇来荡去。当时我的脚肯定也不像她们那般坚强有力。这本是理所当然。任怎么说，她们可是名扬天下的哈佛大学簇新的一年级学生啊！

眺望她们的奔跑姿态，不失为一件赏心乐事。你会朴素地感受到，世界就是这么实实在在地传承下去的。归根结底，这就是类似于传承交接的东西。所以，虽然被她们从背后赶上超过，也不会萌生出懊恼之情来。她们自有其步调，自有其时间性。我则有我的步调，我的时间性。这两者本是迥然相异的东西，我与她们相异也是理所当然的事情。

早晨，在沿河的跑道上，大致在相同的时间，我会遇到一些人。一位矮小的印度妇人在散步，年纪大约六十多岁，雍容典雅，穿戴整洁。奇怪的是（或许丝毫也不怪）她每天的穿着都不相同，有时身缠潇洒的纱丽，有时则穿着印有大学名称的大号运动衫。如果我的记忆无误，我一次也没有看见她身穿同一件衣服。检验她今天穿什么衣服，也成了我每天清晨跑步时的小小乐趣。

还有右脚上装着一个又大又黑的助步器、步伐迅速地散步的中年男子。那是一位身材高大的白人，也许刚刚受了一次重伤。然而那助步器仅仅是我看见的，就装了整整四个月。他的右脚究竟出了什么事？走路似乎已毫无问题，此人以相当快的速度走着，头戴着大号耳机听音乐，默默地以决然的速度走在沿河的路上。

昨天，我听着滚石乐队的《乞丐盛宴》跑步。《同情恶魔》中的那种依旧古朴野性的"嘀嘀"伴唱，对跑步实在合适至极。而前一天，则听着埃里克·克莱普顿的《卑鄙》跑。二者都是无从吹毛求疵的音乐，沁人心脾，百听不厌。尤其是《卑鄙》，我一边跑步一边听，听了一遍又一遍。允许我谈谈个人意见的话，我想说，《卑鄙》是最最适合在不慌不忙地跑步的早晨听的专辑。其中丝毫没有咄咄逼人和矫揉造作。节奏永远精准，旋律自然无比。我的意识被静静地拽进音乐之中，双腿配合着节奏有规律地向前踏出，向后蹬去。耳机流出的音乐里，不时会听到从背后传来"我要从你的左边过去啦"（On your left!）的吼声。于是，便有一辆比赛用的自行车发出啸声,从我的左侧飞驰而过。

对小说写作的进一步考察,是边跑步边进行的。

"像村上君那样,每天过着健康的生活,难道不会有朝一日写不出小说来吗?"不时有人说这种话。在外国,人家倒不太这么说我,在日本持这种意见的人似乎为数颇多。写小说本是不健康的行为,身为作家就应该远离功德世俗,过着不健全的生活,方能与俗世诀别,更趋近某种具有艺术价值的纯粹的东西——这样一种类似约定俗成的认识,根深蒂固地存于世间。似乎经年累月才逐步创造出了这种"艺术家=不健康者、颓废者"的公式。在电影和电视剧里,常常有这种千人一面的(往好里说是神话式的)作家登场。

写小说是不健康的营生这一主张,我基本表示赞同。当我们打算写小说,打算用文字去展现一个故事时,藏身于人性中的毒素一般的东西便不容分说地渗出来,浮现于表面。作家或多或少都要与这毒素正面交锋,分明知道危险,却仍得手法巧妙地处理。倘若没有这毒素介于其中,就不能真正实践创造行为。我为下面这个比喻的奇特预先表示歉意：这或许同河豚身上有毒的部位最鲜美甚是相似。任怎么想，写作恐怕都不能说是"健康的营生"。

所谓艺术行为，从最初的缘起就含有不健康的、反社会的要素。我主动承认这一点。唯其如此，作家（艺术家）中才会有不少人从实际生活的层面开始颓废，抑或缠裹着反社会的外衣。这完全可以理解。这样一种姿态，我决不会予以否定。

然而我以为，如果希望将写小说作为一种职业持之以恒，我们必须打造出一个能与这种危险（某些时候还是致命）的毒素对抗的免疫体系。这样才能正确而高效地对抗毒性较强的毒素，换言之，才能建构更为强大的故事。打造这种自我免疫体系并长期维持下去，必须拥有超乎寻常的能量，还得想方设法谋取这种能量。但除却我们的基础体力以外，何处能获取这种能量？

诸位千万不要误会，我并非主张这种做法是作家唯一的正途。正如文学里面有各种各样的流派，作家里面也有形形色色的作家。每一个作家都拥有不同于他人的世界观。他们选取的题材各不相同，锁定的目标也彼此相异。对小说家而言,唯一的正途云云其实不存在。我认为强化"基础体力",乃是完成更为宏伟的创作不可或缺的准备,并坚信这是值得一做的事情,至少比不做好得多。而且(尽管这一见解平庸之极)正像人们常常说的那样,但凡值得一做的事情,自有值得去做甚至做过头的价值。

如果想处理不健康的东西,人们就必须尽量健康。这就是我的命题。甚至可以说,连不健全的灵魂也需要健全的肉体。此说有些自相矛盾,却是我成为职业小说家以来的深切感受。健康与不健康的东西绝非冰火两极,亦非针锋相向。它们相互补充,某些情况下自然地包含于彼此之中。盼望健康的人往往仅仅思考健康的事情,不健康的人则单单思考不健康的东西。这样一种偏颇,不会使人生产生真正的价值。

年轻时写出优美而有力度的杰作的作家,迎来了某个年龄,有些人会急遽地呈现出浓烈的疲惫之色,可以用"文学憔悴"一词来形容。写出的东西也许依旧很美,那种憔悴或许也自有韵味,然而创作能量日渐衰减却是一目了然。据我推测,这恐怕是他或她的体力已然无法战胜毒素了。此前,肉体的活力自然地凌驾于毒素之上,但过了巅峰期,便逐渐丧失了免疫功能,难像从前那般进行主动的创造了。想象力与支撑它的体力之间的平衡业已土崩瓦解,此后便只能运用旧有的技巧和手法,利用类似余热的东西,将作品的轮廓打磨齐整而已。即便委婉地说,这也绝非欣悦的人生旅程。有些人甚至在这个关头自绝性命。还有一些人干脆爽快地放弃创作,踏入殊途。

如果可能,我很想避开这种"憔悴方式"。我心目中的文学是更为自发、更为向心的东西。自然积极的活力必不可缺。在我而言,写小说就是向险峻的高山挑战,是攀登悬崖峭壁、经过漫长而激烈的搏斗之后,终于踏上顶峰的营生——或是战胜自己,或是败给自己,二者必居其一。我始终牢记这种意象,来从事长篇小说的写作。

人总有一日会走下坡路。不管愿意与否,伴随着时间的流逝,肉体总会消亡。一旦肉体消亡,精神也将日暮途穷。此事我心知肚明,却想把那个岔口(即我的活力被毒素击败与凌驾的岔口)向后推迟,哪怕只是一丁半点。这就是身为小说家的我设定的目标。眼下我暂时没有"憔悴"的闲暇工夫。所以,即使人家说我"那样的不是艺术家",我还是要坚持跑步。

十月六日在麻省理工学院举行朗读会,我必须在众目睽睽之下发言,所以今天一面练习演讲(当然不发出声来),一面跑步。这种时候当然不听音乐,而是在脑子里嘀嘀咕咕地说英语。

在日本的时候,几乎没有机会在众目睽睽之下说话,也从来不进行演讲之类的活动。然而我已经用英语作过好几次演讲,如果有机会,恐怕还会进行下去。说来颇有些奇妙,在公众面前发言,同运用日语讲话相比,使用仍然不尽如人意的英语发言却更为轻松。这大概是因为假如用日语作一场完整的发言,我会被这样一种感觉袭扰:自己仿佛被词语的大海吞噬,其中有无限的选择、无限的可能。我作为一个写文章的人,和日语的关系太密切了,用日语对人们讲话时,便会在那富饶的词语大海中张皇失措,沮丧不已。

就日语来说,我情愿坚守独自伏案写作的营生。在文字的主场上竞技，我尚能较为自在有效地捕捉词语和文脉，赋予它们轮廓，因为这毕竟是我的职业。理应以这种方式去把握的东西，倘若换作在万目睽睽之下高声诉说，我便切切实实地感受到有一种重要的东西从中零落而去。我恐怕无法认可这样一种剥离。在现实生活中也不想让自己的脸庞成为公众之物。我不喜欢走在路上时有素不相识者向我打招呼。这才是我不愿在众人前露脸的最大缘故。

然而用外语去组构发言稿，语言赋予我的选择范围必然是有限的。我喜欢阅读英文书籍，却极不擅长英语会话，恰恰如此，我反而能安闲自适地登台，心想，反正是外国话，有什么办法？这是一个意味深长的发现。准备起来自然很费时间。必须将长达三四十分钟的英语讲稿一字不漏地装进脑子里，然后去登坛演讲。逐行逐字地照本宣科，无法将生动的情感传达给听众，得挑选易于听懂的词语，为了让听众身心轻松，还得加入一些笑料。要把我的人品与为人巧妙地传达给对方；要让听众全神贯注地倾听我的发言，哪怕只是一时，也得让他们成为我的朋友。为此，我反反复复地练习演讲方法。

诚然费时耗力,却会在其中发现某种感触,觉得自己在向新的东西挑战。

我觉得跑步时很适合背诵演讲稿之类。一边几乎无意识地迈步,一边在大脑中依序排列词语,检验文章的节奏,设想词句的韵律。就这样一面将意识放置于别处,一面放脚奔跑,便能毫不费力地以自然的速度跑很久很久。只不过在脑子里自说自话,有时一不留神做出表情、摆出姿势来,从对面跑过来的人便一脸莫名其妙。

今天跑步时,我看见一只硕大滚圆的黑额黑雁,死在了查尔斯河的水边。还有一只松鼠,死在了树根下。仿佛是深深地睡去了一般,它们死了。从表情看去,它们只是静静地接受了生命的终焉,甚至可以说像是从什么中解放出来了。此外,在河边的赛艇库房近旁,一个身穿肮脏衣服的流浪汉推着一辆购物用的手推车,正在放声高唱《美丽的美国》。这究竟是坦率的发自内心的歌声呢,还是一种深深的挖苦?作为一介过客,我未能分辨明白。

总而言之，日历翻到了十月。转眼间，一个月便过去了。严酷的季节已逼近眼前。

第六章 / 1996年6月23日
北海道佐吕间湖

已经无人敲桌子，无人扔杯子了

你有没有在一天之内跑过一百公里？世间大多数人（或说精神正常的人）恐怕都没有这样的经历。普通的健康市民一般不去干这种鲁莽的事。而我只有过一次，从清晨一直跑到傍晚，跑完了一百公里的赛程。身体消耗当然十分剧烈。比赛后好一段时间，心里对跑步都产生了抗拒情绪，曾以为自己再也不会干这种事了。然而未来的事谁也说不准。也许我好了疮疤忘了疼，有朝一日还会再度挑战超级马拉松。明天将运载着什么东西而来，不到明天，谁也不知道。

话虽如此，现在回想，这场赛事对作为跑者的我意义非同小可。独自跑完一百公里究竟有何意义，我不得而知。然而，它虽不是日常之为，却不违为人之道，恐怕会将某种特别的认知带入你的意识，让你对自身的看法中添进一些新意。你的人生光景可能会改变色调和形状——或多或少，或好或坏。我自己就有这样的改变。

接下去的文字是赛事数日之后，我"趁着还没有忘记"，记下类似心理素描的东西，而后整理而成。时隔十载重读旧文，当时奋笔疾书记载下的所思所感，如今鲜明地复活了。那场苛酷的赛跑究竟给我心中留下了什么样的东西，比如说应当为之高兴的东西，以及无法纯粹地去高兴的东西，诸位也许大体上可以理解，但肯定会有人说"这种东西难以理解透彻"。

每年六月里，佐吕间湖一百公里超级马拉松在没有梅雨季节的北海道举行。北海道的初夏不失为舒畅惬意的季节，可在佐吕间湖所处的北部，真正的夏天还要很久才来造访。起跑时刻是清早，尤为寒气逼人。为了不让身体冷下来，必须穿得厚厚的才成。红日高升，身体徐徐变暖之后，简直就像反复蜕皮不断生长的虫子一般，跑步者边跑边将身上的衣物一件一件脱下来扔掉。可手套是无法取掉的。只穿一件背心，便有些冷。倘使下了雨，更会冷不可当。然而值得庆幸，当日天空始终覆盖着云层，最后却不曾下一滴雨。

跑步者们顺着临鄂霍次克海的佐吕间湖岸奔跑一周。跑上一趟方才知道，这实在是一个巨大无朋的湖。湖西侧的涌别町是起点，位于东侧的常吕町（现为北见市）则是终点。最后一段，八十五公里至九十八公里之间，要从一个面临大海、唤作稚原生花园的细长而辽阔的自然公园里穿过。有余裕去观赏风景的话，这段路线自然非常美丽。整条路线都没有交通管制之类，但是车辆行人原本都极稀少，并无这样的需要。沿途，牛群正在悠闲地吃草。牛对跑者毫无兴趣，兀自忙于吃草，无暇理会好事的人们那缺乏常识的行为。同样，跑者也没有余力关注牛群的动向。跑过了四十二公里，每隔十公里便设有一道关卡，如果不在规定时间内通过关卡，便自动丧失资格。每年都有相当多的人受到剥夺资格的处分。这是一场十分严格的比赛。为了跑步特地赶到几近日本北端的地方来，我可不愿意在途中受到剥夺资格的处分。不管发生什么事，我都要在规定时间内通过关卡。

这个赛事在日本是超级马拉松赛的鼻祖之一，由当地人自己运营，非常顺利，效率极高。跑起来感觉心情很是舒畅，是一场很容易跑的比赛。

从起点到位于五十五公里处的休息点的路程，没什么值得一谈的，仅仅是默默地奔跑。与星期日早晨的长距离跑基本没有差异。只要维持每公里六分钟的慢跑速度，一百公里十个小时便可以跑完。再加上休息和用餐的时间，用时大约可以控制在十一个小时之内，这是我在心里打好的小算盘，后来才明白这个想法太过乐观。

在四十二公里处有一个标志：至此处，距离相当于全程马拉松。水泥路上鲜明地画着一条白线。跨过那条线时，说得夸张点，我感觉浑身微微一颤。跑过长于四十二公里的距离，我是有生以来第一次。此处对我来说便是直布罗陀海峡，越过此处，就要冲进未知的外海了。前面等待着我的究竟是什么，在那里栖息着何种陌生的生物，我一无所知。这么说不胜惶恐：以往的水手们感到的畏惧，我也将亲身感受。

越过了这条线，在接近五十公里处，我有了感觉，身体似乎微微发生了变化。腿上的肌肉好像开始变硬，肚子饿了，喉咙也干渴。只要有供水站，哪怕喉咙并不渴，我也注意补充水分，可尽管如此，脱水仍像不祥的宿命一般，像生有阴暗之心的黑夜女王一般，从我身后追逐上来。朦胧的不安掠过脑际：还没有跑到一半呢，现在就这样，我真能跑完一百公里么？

在五十五公里的休息点更换了新的运动衣，吃了太太准备的简单食品。由于气温上升，我脱去了紧身运动五分裤，换上了轻盈的新汗衫和短裤。将新百伦牌超级马拉松专用跑鞋（请诸位相信，世界上当真存在这种东西）从八号换成八号半，因为双脚开始浮肿，需要将跑鞋的尺寸放大一些。始终是阴天，太阳没有出来，决定将遮阳帽脱了。戴帽子还能防止落雨导致头冷，现在看来毫无下雨的迹象，既不太热，也不太冷，对长跑来说大致属于理想条件。灌进了两支琼脂状的营养剂，补充了水分，吃了抹有黄油的面包和曲奇饼。在草地上仔细地做了伸展运动，在腿肚子上喷好肌肉消炎剂。洗脸，将汗水和灰尘擦洗干净，上厕所解手。

在此处休息了大约十分钟，一次也没有坐下。我觉得一旦坐下去，恐怕再难站起身来重开步伐，所以我谨慎地没有坐下。

"不要紧吗？"他们问我。

"不要紧。"我简洁地答道。除此之外无话可言。

补给了水分，做了腿部拉伸运动之后，来到道路上，再次开跑。还剩下四十五公里，唯有向着终点奔跑。可是一跑起来，我立即发现自己并非处于可以继续奔跑的状态。腿上的肌肉发僵，仿佛变成了坚硬的旧橡胶。耐力还绰绰有余，呼吸也很正常，一丝不乱，唯独两腿不听使唤。虽然一门心思往前跑，腿却有与我不太一样的想法。

无奈之余，我只得不再指望那两条不听使唤的腿，改用以上半身为中心的跑法。将两条手臂大大地甩动起来，晃动起上半身，让动能传向下半身，借这力量将两条腿向前推动——托其福，赛事完了，我两只手腕肿了起来。当然跑得慢如牛步，大致跟快步行走相差无几。不过一步两步，一点一点地，仿佛回忆起来了，抑或死心塌地了，腿上的肌肉恢复了动作，好歹可以像平常那样跑步了。万幸万幸。

双腿虽然开始动了，可是从五十五公里至七十五公里之间苦不堪言。自己仿佛钻过运转缓慢的绞肉机的牛肉一般，虽然有努力向前的意欲，整个身体却总也不听调配，就好比将汽车的手闸拉到了底去爬坡。身体散了架，好像立时就要分崩离析。汽油耗尽，螺丝松动，齿轮的数量不符。速度急剧下降，被赶上来的跑者一个个超过了，甚至还被一位年约七旬的矮小女子超过了。"加油啊！"她为我鼓劲。唉，接下去会怎么样呢？后面还有四十公里啊。

跑着跑着，身体各个部位逐一开始疼痛。先是右腿疼了一番，然后转移到右膝，再转移到左大腿……

就这样,浑身的部位轮番上阵,高声倾诉各自的痛楚,连声悲鸣,警告连连。跑一百公里乃是未知的体验,身体处处皆有牢骚,我完全理解。但无论如何,唯有忍耐着默默跑完全程。就像丹东和罗伯斯庇尔等人巧舌如簧地说服心怀不满、试图揭竿而起的激进革命议会一般,我拼命地说服身体各部。勉励,乞求,恭维,申斥,鼓舞。只剩下最后一点点啦,求求你们好歹忍耐,再拼一下。然而细细想想,那两个人结果都被砍了脑袋嘛。

不管怎样,我百般努力,总算咬着牙跑完了充满苦痛的二十公里,用尽一切手段熬到了尽头。

"我不是人,是一架纯粹的机器,所以什么也无须感觉,唯有向前奔跑。"

我这样告诫自己,几乎一心一意地想着这几句话,坚持下来了。倘若我认为自己是一个有血有肉的活生生的人,也许就会在途中因为苦痛而崩溃。"自己"这一存在的确在这里,与之相伴,"自我"这一意识也在。然而我努力将它们看作"便宜的形式"。这是一种奇妙的思考方式、一种奇妙的感觉,因为这是拥有意识的人试图去否定意识。我不得不将自己驱赶进无机的场所里去,即便只是一小步。我本能地悟出,唯有如此,才是存活下去的唯一出路。

"我不是人,是一架纯粹的机器,所以什么也无须感觉,唯有向前奔跑。"

我在脑子里将这几句话有如咒语一般,反反复复念叨个不停,正所谓机械地一再重复。我尽力将自己感知的世界限定得更为狭隘。我的目力所及,充其量是前方三米左右的地面,再往前的世界便一无所知。眼下我的世界,从此处起向前三米便告完结,更前面的事情无须去考虑。天空也罢,风儿也罢,草儿也罢,在吃草的牛群也罢,看客也罢,声援也罢,湖也罢,小说也罢,真实也罢,过去也罢,记忆也罢,对我已毫无意义。将双腿从此处起,挪向前方三米外——这才是我这个人,不不,我这架机器存在的小小意义。

在每隔五公里设置的供水处驻足喝水。每次停下脚步,都要勤快地做伸展运动。肌肉仿佛一个礼拜前吃剩的面包,又硬又僵,很难想象这竟是自己的肌肉。在放着梅干的地方吃了梅干。我从来不曾想到，梅干居然如此美味。盐分和酸味在口中扩散开，点点滴滴地渗透到全身每一个角落。

与其勉为其难地一直奔跑，也许适度地走上几步更聪明。许多跑者正是这么做的，边走边让双脚休息一会儿。我却一次也没有走过。为了做伸展运动，我反复地驻足休息。然而我不走。我可不是为了走路前来参加这场赛事，而是为了跑步才来的。为了这个，仅仅是为了这个，我才乘坐飞机特地赶来日本的北端。不管奔跑速度降低了多少，我都不能走，这是原则。违背了自己定下的原则，哪怕只有一次，以后就将违背更多的原则，想跑完这场比赛就难上加难了。

就这样，我坚持又坚持，总算跑了下来。当我跑到七十五公里处，感觉似乎有什么东西倏地出窍了。除了"出窍"一词，我想不出还有什么好的表达。简直就像穿透了石壁一般，身体一下子钻了过去，来到了另一面。究竟是几时穿过去的，我回想不出具体的时间。回过神来,我已经移到了对面,便稀里糊涂地接纳了这一现实:"啊哈,这就算钻过来了。"对其理论、经过和情理都莫名其妙,只知道自己"钻过来了"。

此后什么都不必考虑了。说得更准确一点,不必努力去"什么都不考虑"了,只需随波逐流即可。顺其自然,听之任之,便有某种力量推动我前行。

如此长时间地不停奔跑,不可能感觉不到肉体上的苦楚。但到了这个时候,疲劳已不是什么重大问题。这也许意味着疲劳作为一种常态,被身体自然而然地接纳了。一度沸沸扬扬的肌肉革命议会似乎也灰心丧气,不再逐一倾诉不满。已经无人敲桌子,无人扔杯子了。它们将这疲劳作为历史的必然,作为革命的成果,默默无言地接受下来。我便自动地、只管有规律地前后甩动手臂,将双腿一步一步向前递出去。什么都不思,什么都不想。待回过神来,连肉体的苦楚都几乎销声匿迹,或像因故无法处理的难看家具,被扔到了毫不起眼的角落。

这样"出窍"之后,我超越了许多人。在通过七十五公里的关卡（如果不能在八小时四十五分之内通过这里，就丧失资格）前后，许多人与我相反，速度猛地下降，或是放弃跑步改为步行了。从这里到终点，我大约超越了二百多号人。至少我数到了二百人。而被别人从背后赶超上来，仅有一两次。我逐一计算超越的跑者人数，乃是因为无所事事。自己处于这深度的疲劳中，将这疲劳全盘接纳，还能扎扎实实地继续奔跑——对我来说，在这个世界上，没有比这更高的愿望了。

我陷入了类似自动驾驶的状态。这么继续跑下去，只怕过了一百公里我还能跑。听上去颇有些怪异：跑到最后，不仅是肉体的苦痛，甚至连自己到底是谁、此刻在干什么之类，都已从脑海中消失殆尽。这理当是十分可笑的心情，可是我连这份可笑都无法感受到了。在这里，跑步几乎达到了形而上学的领域。仿佛先有了行为，然后附带性地才有了我的存在。我跑，故我在。

跑全程马拉松时，到了最后关头，脑子里充溢的全是一个念头：赶快跑过终点，赶快结束！此外什么都无法考虑。此时此刻，我却不曾想过这一点。我觉得所谓结束，不过是暂时告一段落，并无太大的意义，就同活着一样。并非因为有了结束，过程才具有意义，而是为了便宜地凸显这过程的意义，抑或转弯抹角地比喻其局限性，才在某个地点姑且设置一个结束。相当哲学。但当时我一点也没觉得这很哲学。这不是通过语言，而是通过身体感受到的，不妨说是整体性地感受到的。

跑进了最后那漫长的半岛状原生花园跑道，这种心情变得尤其强烈。跑法近似进入冥想状态。海边的景色十分美丽，可以感受到鄂霍次克海的气息。天色已近黄昏（出发是在清晨），空气呈现出独特的清澄来，发出夏初深深的青草气味。还看见几只狐狸在原野中结集成群。它们好奇地望着参赛者。仿佛十九世纪英国风景画一般意味深长的云朵，沉稳地遮蔽了天空。风儿一丝也无。在我的周遭，许多人只是默默向着终点奔去。身处其中，我拥抱着异常静谧的幸福感。吸气，再吐气，听不出呼吸中有丝毫紊乱。空气非常平静地进入体内，再走出体外。我那寡言的心脏按照一定的速度重复着舒张与收缩。我的肺好似勤劳的风箱,规规矩矩将新鲜的氧气摄入体内。我能够目睹它们工作的身影,听见它们发出的声响。一切都顺畅无误地运转着。沿途的人们对着我们大声呼唤:"加油啊!马上就到终点啦!"声音像透明的风,穿透了我的身体逝去。我感觉人们的声音就这般穿透而过,直达身体另一面。

我是我,又不是我。这是一种异常沉稳而寂静的心情。意识之类并非多么重要的东西。固然,我是一个小说家,意识这东西在工作上自是十分重要。没有它,主体性的故事便无缘诞生。尽管如此,我还是禁不住感到,意识之类并非大不了的玩意儿。

尽管如此,当我跑过常吕町的终点线时,还是从心底感到高兴。冲过长跑比赛的终点线时,每一次我都高兴,这一次还觉得心头涌过一阵热浪。右手紧握成拳,举向空中。时间是下午四时四十二分。起跑后已过去了十一小时四十二分钟。

时隔半日,我终于坐在了地面上,用毛巾擦汗,尽兴地喝水。解开跑鞋的鞋带,在周遭一片苍茫暮色中,精心地做脚腕舒展运动。虽然没什么大不了,称不上自豪,还是有一种类似成就感的东西像偶然想起来似的涌上心头。这是一种个人的喜悦:"自己体内仍然有那种力量,能主动地迎击风险,并且战胜它!"这种安心感,也许比喜悦更为强烈。体内那仿佛牢固的结扣的东西,正在一点点解开,虽然我还不曾察觉自己体内有这样的东西。

佐吕间湖的赛事之后好几天,我不得不手抓栏杆缓慢地下楼梯。两腿哆嗦不已,无力支撑躯体。但双腿的疲劳几天便消除了,能正常地上下楼梯了。说来我的双腿毕竟经过多年的调整,已经适应长跑了。出现问题的是手。大概是为了弥补腿部肌肉的疲劳,过于用力地甩手的缘故,到了第二天,右手腕便开始诉苦,变得又红又肿。跑了多年马拉松,不是腿脚而是手臂出现问题,这还是第一次。

超级马拉松带给我的种种东西之中,意义最重要的却不在肉体上，而是在精神上。它带给我的，是某种精神上的虚脱之感。等我觉察到时，一种似乎称为"跑者忧郁"的东西，仿佛薄膜一般将我缠裹起来。就感触来说，它并不是蓝色的，近乎白浊色。跑完了超级马拉松，我无法再像从前那样对跑步持有自然的热情了。肉体的疲劳难以消除也是原因之一，但又不单是这样。"我想跑步"这个念头，在我心中不再像从前那般可以明确地找到了。我不知道是为什么。但这是难以否定的事实。在我的心中发生了什么事件。平日慢跑的次数和距离都显著减少了。

此后，我依然和从前一样，每年都跑一次全程马拉松。当然，以马马虎虎的态度不可能跑完全程马拉松。我还是相应地认真练习，相应地认真跑完比赛，但说到底，这些仅仅停留在"相应"的层面。我身体的核心似乎盘踞着一种陌生的东西。并非单单是跑步的热情有所减退。在丧失了某种东西的同时，一种新的东西在身为跑者的我心中滋生出来。正是这样一种新旧交替的过程，给我带来了这陌生的"跑者忧郁"。

我心中滋生的新东西究竟是什么？我寻觅不到恰如

其分的表达，但或许是近乎"心灰意冷"的东西。说得夸张些，由于跑完了一百公里，我似乎一脚踏进了"稍稍不同的领域"。跑过七十五公里，疲劳感突然销声匿迹后，那段意识的空白之中甚至有某种哲学或宗教的妙趣。其中有强迫我内省的东西。也许是因为这个，我再也无法以从前那种不顾一切、单纯积极的态度面对跑步了。

也许并非大不了的事。我只不过是对跑步产生了些许厌倦。多年以来，我跑得太多，距离太长。要不就是年近半百，体力撞上了年龄这无从回避的高墙。抑或在不觉间迎来了男性更年期，正在经历它带来的精神上的低迷。或是这种种要素纠缠在一起，调配出了真相不明的消极鸡尾酒。作为当事者，我无法客观地分析与解剖个中奥秘。不管如何，我将它命名为"跑者忧郁"。

跑完超级马拉松，为我带来了极大的喜悦，也催生出相应的自信。我至今仍然认为参加那项赛事是一件好事。然而它也留下了似乎该称为"后遗症"的东西。此后很长时间，我迎来了长跑者的低迷期——尽管不曾有辉煌的过去，这依然是久久的低迷。跑全程马拉松的成绩每况愈下。练习也罢比赛也罢，虽然多少有些差距，也都变成同一件事形式上的重复，不再像从前那样震撼我的心灵了。比赛时分泌出的肾上腺素似乎也减少了一个刻度。大概因为如此种种，我将兴趣由全程马拉松转向了铁人三项赛，还去健身俱乐部热心地打起壁球来。结果，生活方式也逐渐发生了变化。我开始认为跑步并非人生的全部——这原本是理所当然的。亦即是说，半是主动地在自己与"跑步"间设置了少许距离，就如同对待失去最初那毫无道理的狂热的恋爱。

现在，我觉得好像从持续很久的"跑者忧郁"的烟霭中渐渐解脱出来。尚未完全解脱，但是有了某种重新开始的苗头。早晨穿上跑鞋准备出去跑步时，我可以感受到它微弱的胎动。在我的周遭和内部，空气的确开始流动。我愿意精心培育这小小的萌芽。为了不漏过一个响动、不错过一个场面、不迷失方向，我向着自己的身体集中精神。

于是时隔许久，我再次怀着纯朴的心情，为了下一次全程马拉松每日积累奔跑距离。摊开新的笔记簿，拧开新的墨水瓶，准备写新的字。怎么重怀这种豁达心情的呢？我还无法井井有条地说明。也许重返剑桥这座小城和查尔斯河畔，往昔的心情得以复苏。那些毫无他念地享受跑步乐趣的日子，伴着令人怀念的情景重新归来。也许这不过是时间问题。我的心中进行了某种不可避免的调整，为此需要的时间终于结束了，仅此而已。

前面也写过，职业性地写东西的人恐怕很多都是这样，我是一边写一边思索。不是将思索写成文字，而是一面写文字一面思索。通过书写而思考，透过修改而深化思考。组排了多少文字也得不出结论，如何修改也抵达不了目的地，这样的事情当然也有，此刻便是如此。只能提出几个假说，只好说明几个疑问，再不就是将那疑问的构造同别的东西进行类比。

说老实话，我染上这"跑者忧郁"有何种缘由，其来龙去脉如何；如今它渐渐烟消雾散又有何种缘由，其来龙去脉又如何，我还不甚明白，无从解释。归根结底，也许只能这么说：这大约就是人生吧！我大约只能原封不动地照单全收，不问根底缘由不管来龙去脉，如同税金、潮涨潮落、约翰·列侬的死、世界杯比赛的误判一般。

总之,岁月周转一轮,周期完成一个循环,我内心有这样一种切实的感受。跑步这一行为,终于变回了日常生活中值得高兴、不可或缺的一部分。已经连续四个多月,我都在扎扎实实地坚持跑步。这并不仅仅是机械性的重复,也不是规定的仪式,是身体自然地要求来到路上跑步,如同干渴的躯体要求水灵灵的新鲜水果。在十一月六日的纽约城市马拉松上,我究竟能跑得多么畅快、多么令人满意,我愿意拭目以待。

成绩不是问题。事到如今,任如何努力也无法跑得跟从前一样。我愿意接受这个事实。很难说令人愉快,不过年龄的增长就是这样。我有自己的职责,时间也有它的职责,而且完成得远比我这样的人忠实和精确。自打时间这东西产生以来(究竟是什么时候啊),它片刻也不曾休息过,一直在前行。躲过了夭折一劫的人,作为恩典,都被赋予了实实在在地老去这弥足珍贵的权利。肉体的衰减这种荣誉守候在前方,我们必须接受并习惯它。

重要的不是同时间竞赛。能胸怀何等的满足感跑完四十二公里，能何等地享受自身，这些今后恐怕将有重大的意义。我将去欣赏与评价无法用数字表现的东西，还将探索与以前大相径庭的自豪。

我并非挑战纪录的无邪青年，亦非一架无机的机器，不过是一介洞察了自身的局限，却尽力长期保持自己的能力与活力的职业小说家。

距离纽约城市马拉松，还剩下一个月。

第七章 / 2005年10月30日 马萨诸塞州剑桥

纽约的秋日

宛如追悼地区预选赛中波士顿红袜队那过于仓促的败退（它在同芝加哥白袜队进行的"袜子对决"中，连一场也没赢），赛事结束后一连十多天，新英格兰连降冷雨。那是入秋以来的第一场淫雨。雨忽强忽弱，仿佛突发奇想，虽有雨住的时候，却片刻不曾显露过爽朗的晴空。天空自始至终被这个地方特有的厚厚的灰色云层紧紧遮覆。那雨磨磨蹭蹭地下了又下，好似一个优柔寡断、狐疑不决的人，最后终于下定了决心，变成了一场豪雨。从新罕布什尔州到马萨诸塞州，许多城镇遭受水灾，公路干线处处阻塞。我并不是说连这些也硬要红袜队承担道义责任。我恰好因公访问缅因州的某大学，其时正在新英格兰地区北部，只有从头到尾在昏暗的雨中驾车的记忆。只要不是隆冬,在这一带旅行一直是快乐的经历,这次却十分遗憾,不太令人振奋。那时算作夏天太晚,距离红叶的季节又太早。倾盆暴雨竟导致租来的汽车雨刷出了点小问题。我拖着疲惫不堪的身体,于深夜时分回到了剑桥。

十月九日星期天,一大早就参加了赛跑,这一天也是雨天。这是主办春季波士顿马拉松的BAA(波士顿运动协会)每年在这个季节举行的半程马拉松。从芬威球场附近的罗伯托·克莱门特竞技场出发,越过牙买加湖,在富兰克林公园动物园折返,再跑回同一竞技场便告完成赛事。今年的参赛者为四千五百人。

我参加这一赛事,目的是为纽约城市马拉松作调整,所以使了大约八分的气力,仅仅在跑最后三公里时奋力拼搏了一下。然而想不使出真力,适度地去跑比赛却非易事。被别人重重包围时,即使你不想这么做,不由得也会发力。跟着众人一起"预备,跑!"地去赛跑,本是非常愉快,竞争本能却会不知不觉露出锋芒来。这种时候得牢牢地把持住,冷静地去跑。因为我必须将真力装上飞机,带往纽约。

结果是一小时五十五分,基本是预先设想的成绩。在最后的几公里稍稍踩了一下油门,超越了一百多人,保存好余力冲过终点线。这是一个凉意袭人的周日,一直在下细如烟雾的小雨。我胸前贴着号码,耳听周围跑步者的呼吸,奔跑在道路上,真实地感受到:"啊哈,赛跑的季节又来到啦。"肾上腺素流到了全身每个角落。平时总是独自一人默默奔跑,体验一下这种环境会成为良好的刺激,还可以大致把握在正式比赛时应当维持怎样的节奏来跑前半赛程。后半赛程将会如何,毋庸多言,只能船到桥头自然直了。

然而平日练习时,总要定期跑和半程马拉松差不多的距离,更长的距离也体验了好多次,所以比赛好像匆匆忙忙便告结束。咦,这就跑完了么?当然,以适当的速度跑完半程马拉松都得累垮的话,全程马拉松就真成人间地狱了。四周的跑步者几乎都是白人,女性居多。不知为何,很少见其他肤色的跑步者。

淫雨霏霏,断断续续下个不休,其间也有小小的工作旅行，有一段时间没能痛痛快快跑步。纽约的赛事即将来临，不能跑步并不成问题，倒能好好休养。想消除疲劳，休息是最好的办法。赛事临近时，情绪便会高涨，不知不觉便跑得过多。可是如果在下雨，"这下无法可想啦"，便会爽快地断念死心。这是好的一面。

尽管没有像模像样地跑步，膝盖却诉起苦叫起痛来。人生中的麻烦大半皆是如此，这疼痛来得极其唐突、毫无先兆。十月十七日，早晨正要走下寓所的楼梯，右膝突如其来地发软。弯曲到某个角度，膝盖骨便申诉独特的疼痛。跟单纯的疼痛不同，是在某处感到不对劲儿，冷不防地使不上力气。这就是所谓的"膝盖颤抖"，日语叫作"膝盖笑"。不扶着栏杆就下不了楼梯。

可能是艰苦地积累训练量时造成的疲劳，随着气温的急剧下降浮现于表面了。进入十月，暑热依旧执拗地赖着不走，可是下了一个星期左右的雨，将新英格兰一带急速地带入了正式的秋天。不久前还开着冷气，可现在寒冷的风掠过街市，纵目可及之处，都化作了晚秋的风景。只得慌慌张张地将毛衣翻出来。可能出于我的主观臆测吧，松鼠们也变了神色，为采集食物四下奔波。

每到这鲜明的季节更替时期,身体总会表现出异常,尤其是湿气与寒冷来临时很成问题。年轻时却不曾有这种情况。

日日以艰苦训练为伴的长跑者,膝盖常常是弱点。据说奔跑时每次脚着地,腿部都要承受三倍于体重的冲击。而这样的动作一天恐怕要重复近万次。虽然中间夹着跑鞋的软垫,但在坚硬的混凝土地面和不妨说蛮横无理的冲击之间,膝盖始终在默默无言地忍受。平时几乎不去思考这些,但一想,不出问题似乎倒是咄咄怪事了。膝盖偶尔也想发发牢骚吧:"趾高气扬地跑步倒也罢了,可总得体谅体谅我呀。万一弄坏了,就没得替换啦。"

上一次认认真真地考虑膝盖的事,究竟是什么时候?这么一想,便觉得颇对不起膝盖。诚如所言,趾高也罢气扬也罢,候补要多少有多少,膝盖却是无可替代。只能同现下拥有的膝盖终生相伴,因此必须珍重之,善待之。

值得庆幸,作为一个跑步者,我还不曾遇到重大的身体故障,也不曾因为身体状况不佳退出比赛,更没有中途弃权。以前也几度感到右膝（一准是右侧）不对劲，每次都设法安抚与平息下来。这次恐怕也无伤大体吧，我努力这么想。然而上了床，不安仍久久不肯离去。事已至此，假使不能出场参赛，如何是好呢？难道是训练的编排上出错了么？是拉伸运动做得不够么？是上次的半程马拉松最后跑得过于用力了么？诸如此类的事在脑子里翻江倒海，久久无法入睡。屋外，风发出寒冷而猛烈的呼啸。

第二天醒来，洗好脸喝完咖啡，我尝试着走下寓所的楼梯。手放在扶手上，意念集中于右膝，战战兢兢地顺着楼梯向下走。我发现膝盖内侧残留着些许不适，暗示疼痛的位置就在那里，但是昨天那种令人震愕的尖锐的疼痛没有了。我试着再一次上下楼梯。这次速度接近平常，下了四层楼梯，再上去。尝试了各种走法，还将腿弯曲成各种角度。没有听到关节那不祥的嘎吱声，我略略松了口气。

这话跟跑步无关：我在剑桥的日常生活怎么也不能顺顺当当安定下来。我居住的寓所大楼正在大改装，电钻和砂轮一天到晚轰鸣个不停。四楼的窗外，施工的人来来往往。施工从早上七点半还有些昏暗的时候开始，一直持续到下午三点半。上一层的阳台防水工程不得法，房间里漏水严重，雨水甚至会滴落到床上来。家里所有的容器来了个总动员，去接天花板上漏下的雨水还不够，还得满房间严严实实铺上旧报纸。加之锅炉突然发生故障，热水和暖气供应全停止了。不单如此，走廊里的火灾报警传感器似乎出了问题，警报没完没了地呜呜乱响。每天都摁下葫芦起来瓢，热闹非凡。

我住的公寓位于哈佛广场附近，徒步便能到大学的办公室，就便利性而言无可挑剔。碰巧撞上了大规模改装工程，是我运气欠佳，不能一味地发牢骚。积下了许多非做不可的工作，马拉松也迫在眉睫了。

至少膝盖的麻烦似乎平息下去了，怎么说也是个好消息。要尽可能地将目光投向好的一面。

还有一个好消息。

十月六日麻省理工学院的朗读会十分成功，也许该说过于成功。学校为我准备了一个可以容纳四百五十人的大教室,却涌来了大约一千七百人,无奈只得请大多数人回去,甚至连大学警卫都得出动,负责维持秩序。由于这一混乱,开始时刻被推迟,加之空调装置失灵,而那天热得让人想起了盛夏,座无虚席的教室里,人人大汗淋漓。

"谢谢诸位特意赶来听我的朗读。早知道会来这么多人,干脆借用芬威球场得了。"我以这样的开场白开始了发言。因为暑热和故障,大家都焦躁不安,有必要逗大家笑一笑。我脱去了上衣,穿了件T恤衫发言。听众几乎全是学生,反应非常之好。我和他们一样,自始至终心情舒畅地将话题演绎下来。如此多的年轻人关注我的小说,真是一件令人高兴的事。

还有一个。斯科特·菲茨杰拉德的《了不起的盖茨比》的翻译也进展顺利。第一稿已告完成,正在着手第二稿,即对第一稿进行细微修改。一行一行细心地重新审读,加以润色,译文渐渐变得流畅起来,可以感觉到菲茨杰拉德文章的原汁原味正更加自然地被置换为日语。如今还煞有介事地说这种话,颇让我难为情:这真是一部精彩的小说,百读不厌,满溢着文学的深厚滋养，每次阅读都有新的发现，都有新的感动之处。一个年仅二十九岁的作家，怎么能够如此锐利、公正、温情地看透这个世界的真相呢？这样的事情怎么可能呢？越是思考，越是阅读，越觉得不可思议。

十月二十日，由于下雨和腿部的不适停跑了四天，这天重新开跑。下午，待到气温稍稍上升，我穿得暖暖的，试着在外边慢慢跑了四十来分钟。值得庆幸的是膝盖未感到异常。一开始我徐徐地轻跑了几步，一面观察情况，一面缓慢地提升速度。没关系。脚部、膝盖还有脚后跟，眼下都活动自如，没有问题。我松了一口气。不管怎样，能够出场参赛、跑完全程，比什么都重要。坚持跑到终点，中途不停下来步行，再就是享受比赛。依照顺序达成这三项，便是我的目标。

晴朗的日子持续了三天，托老天爷的福，屋顶的防水工程终于宣告完结。担任监工的达维德是位来自瑞士的高个儿青年，他曾经仰望着天空，表情忧郁地叹道："有个三天好天气，防水工程就能完成啦……"晴天刚好持续了三天。这下无须担心漏雨了。供水锅炉也修理完毕，热水顺畅地流淌出来，终于洗上热水澡了。地下室因锅炉施工被封闭的状况也得以消除，洗衣机烘干机都可以使用了。从明天起，室内暖气也将恢复供应。曾经狼狈不堪的日子，似乎事事都在朝好的方向转化，包括膝盖的状态。

十月二十七日。今天终于能毫无不适地使出八分力气跑步。昨天还残存一缕不祥之感，今晨就能同平常一样练习了。我跑了五十来分钟，最后十分钟还放开手脚冲刺了一番。我想象这就是正式比赛，而我跑进了中央公园，终点就近在眼前，假想着这样的场景加速猛跑。没有任何问题。双脚奋力蹬踏路面，膝盖伸得笔直。危机大概已经安然度过。

这一带已经变得相当寒冷。满街堆着万圣节的南瓜。清晨，沿河的道路撒满了五彩斑斓的落叶。晨跑时，手套已经成了必需品。

十月二十九日，赛事一周之前。自早晨开始，星星点点地飘起小雪，正午过后，正式变成了一场大雪。不久之前还仿佛夏天一般呢！我暗自惊叹。站在大学办公室的窗前，我眺望着湿漉漉的雪片漫天飞舞。身体状况不赖。练得疲劳不堪时，双腿沉重，连走起路来都东倒西歪，而最近跑步时却感觉步态轻盈。我明白自己大约巧妙地摆脱了疲劳，奔跑时也会生出"还想再跑下去"的心情。

尽管如此，不安还是不肯遁去。那曾在眼前一闪而过的阴影，莫非烟消雾散了？它不会仍然潜伏在我的体内，静静地等待出击的时机吧，就像一个躲藏在看不到的地方屏息缩肩、等待着人睡熟的高明盗贼？我凝神注目，试着窥视身体内部，企图看清存在于那里的东西是什么形态。然而如同我们好似迷宫的意识，我们的身体也是一个迷宫，处处是黑暗，处处有死角，处处有着无言的启示，处处有二义性在等候着我们。

我手中所持的，仅仅是经验和本能。经验教给我："该做的都做了，怎么胡思乱想也于事无补，只有坐待那一天的到来。"本能告诉我的只有一句话："想象！"我闭起眼睛，想象自己从布鲁克林，从哈林一带到中央街区，和几万名跑者一起跑过纽约街头的情形；想象自己越过好几座巨大的钢铁吊桥的景象;想象沿着热闹的中央公园南端边跑边接近终点的心情;想象跑完比赛之后去就餐的、宾馆附近那家古色古香的牛排店。我不再凝神注视黑暗的颜色,不再侧耳倾听沉默的声音了。

兰登书屋负责我的书的丽兹,给我发来了一份E-mail,说她也将参加纽约城市马拉松。这是她首次跑全程马拉松。我回复道:"享受赛跑!"(Have a good time!)是的,马拉松赛,只有享受它才有意义。如若不是一种享受,何以有好几万人来跑这四十二公里的赛程呢?

我再度确认了中央公园南端宾馆的预约,预购了波士顿至纽约的机票,将穿惯的运动服和穿惯了的跑鞋塞进健身袋。接下来唯有好好养息身体,静静地等待比赛当日了。一心祈祷那天是好天气,是个出奇美丽的秋日。

每次去跑纽约城市马拉松而造访那座城市(这次好像是第四次吧),我脑中都会响起那支费农·杜克作曲的洒脱美丽的歌谣——《纽约的秋日》。

两手空空的梦想家们，

注定为这奇异的土地叹息。

这便是纽约的秋日，

我喜爱再次生活在这里。

Dreamers with empty hands

May sigh for exotic lands

It's autumn in New York

It's good to live again

  十一月的纽约实在是个魅力十足的城市。空气仿佛打定了主意，澄净而晴朗。中央公园的树木开始染成金黄色。天空高不可测，高楼大厦的玻璃奢华地反射着阳光。从一个街区到另一个街区，似乎可以无穷无尽地一直走到永远。波道夫·古德曼百货店的橱窗里展示着高雅的羊绒大衣。街角飘荡着烤椒盐卷饼的香味。

  赛事当天，是一面用双足跑过纽约的秋日，跑过那"奇异的土地"，一面尽情地体味它呢，还是毫无余裕可言呢？还没有开跑，我无从得知。这，才是马拉松比赛。

第八章 / 2006年8月26日
神奈川县海岸的某座城市

至死都是十八岁

我正在为铁人三项比赛勤奋练习。这一阵子集中练习自行车。在大矶海岸一条名叫"太平洋岸自行车道"的路线（名字虽然冠冕堂皇，其实被分割成许多小段，不容易骑），每天一至两小时，沿着侧风极强的海岸一个劲儿猛蹬自行车。现在从大腿到腰部肌肉僵硬，又酸又痛。

竞赛用的自行车，须在踩下踏板的同时，将它向上方提拉。踩下，提拉，这样提升速度，尽量协调地维持脚的这种循环。尤其是攀爬长长的坡道时，"向上提拉"更成了关键。向上提拉时必需的肌肉，却是日常生活中几乎用不到的，因此正式练习自行车后，这一部分肌肉便会疲惫不堪、僵硬无比。早上练习自行车，到了傍晚则跑步。像这样，做到用肌肉肿胀不已的双脚也能跑步。这当然不是让人欢天喜地的练习，但不能牢骚抱怨。因为正式比赛时，这些都将原封不动地重演。

我正儿八经地练习自行车，仅限于铁人三项赛事前的几个月。我原本就不讨厌跑步和游泳，即便没有赛事，也自然地将它们纳入生活之中，可是唯有自行车练习无法依样行事。我会感到心事重重，因为自行车乃是"道具"，而且需要头盔和骑车专用的鞋子之类的附属品，零件的维修保养也不可缺。我对"道具的维修保养"这玩意儿天生不擅长。此外还得有一条能自由地加速，又比较安全的路线，赶到那里去练习。一来二往之间，便觉得腻烦起来。

还有恐惧心理。要赶往有能像样练习的路线的地方，得骑着自行车穿越繁华市区。将鞋子固定在踏板上，骑着细轮胎、高灵敏度的体育赛车，哪怕路上有极小的凹凸都会颠簸不已，这样在汽车中穿行时的恐怖，不曾体验的人是无从知晓的。经验积累得多了，会习惯一些，掌握一些诀窍。然而也多次遭遇惊险场面，吓出一身冷汗。

在练习中也是如此。每当毫不减速地冲进急转弯道，我的胸口都怦怦乱跳。如果不能勾勒出一条漂亮的弧线，巧妙地倾斜着身体转过弯道，就会摔倒，要不就撞到护壁上。只能依靠自己，擦边球似的凭着经验寻找临界值。下坡时速度疾快，假如下雨淋湿了路面，更是恐怖。而众人挤成一团的比赛中，错了一步，便会摔在一起。

我本不是体轻如燕的人，也不是爱好速度竞技的人，对自行车竞技这些要求颇不擅长。铁人三项的游泳、自行车、跑步三项之中，自行车的练习总是拖到最后。理所当然，自行车成了我最不擅长的项目。虽然想通过其后的跑步来弥补损失，可仅仅十公里的跑步无法挽回局面。所以我突发一念，勤奋地练习起自行车来。今天是八月一日，比赛是十月一日，正好还有两个月。才开始练习，到比赛那天能否如愿以偿地练出专用的肌肉来，这还是个疑问。不过有必要让身体习惯自行车。

我骑的自行车是松下的钛合金体育竞技用车，轻省方便。同样的东西我用了七年多，操作齿轮变速装置有如使用身体机能的一部分，得心应手。这是优秀的器械,至少与骑手相比更为优秀。虽然我骑得很野蛮,可从未遭遇过一次像样的麻烦。我已经骑着这辆自行车参加过四次铁人三项赛。车身上写着"18 Til I Die"。这是借用了布莱恩·亚当斯的走红名曲《至死都是十八岁》的标题。当然是开玩笑。真想至死都是十八岁,只有在十八岁时死去。

日本今年夏天气候异常。七月初就该结束的梅雨,一直持续到七月底。阴雨连绵,令人生厌。各地还连降暴雨,死了许多人。这一切,都被记在了全球变暖的账上。也许是这么回事,也许不是。既有学者说是,也有学者说否;既有能证明的部分,也有无法证明的部分。然而今天世界面临的麻烦,或多或少都被记在全球变暖的账上。服装产业的销售额下降,海滩上冲来了大量漂流木,发生洪水,出现缺水,甚至消费品价格上涨,责任大部分都要由全球变暖来扛。这个世界需要一个特定的恶人,可以供人们指名道姓,千夫所指:"全都怪你!"

由于某个难以对付的恶汉作怪,雨永无休止地下了又下,害得我整个七月几乎未能进行自行车练习。责任并不在我，是那个恶汉不好。不过这几天终于晴好，可以将自行车搬到户外。戴好流线型的头盔，架上体育专用太阳眼镜，水壶里灌满了水，设定好计速器，一意猛骑。

骑竞技自行车时，首先必须注意：为了避免风压，要尽量将身体前倾，脸要上抬，正对着前方。无论如何得掌握这个姿势。然而试一下就知道，要将这头部上抬有如螳螂的姿势保持一个小时以上，若不是练惯了的人，可谓难之又难。要不了多久，后背和脖颈就大声哀鸣。疲倦了，不知不觉脸就俯向下方，这样一来，危险会迫不及待般猛然袭来。

为了准备铁人三项比赛，第一次进行近一百公里的长距离骑车出游时，我从正面狠狠地撞上了一根金属桩子。那是竖立在河川沿岸的步行者和自行车专用道上，防止汽车和摩托车进入的桩子。因为疲倦至极，头脑昏昏沉沉的，稍稍疏忽了"仰头面向前方"的原则，结果自行车的前轮软绵绵地变了形，我一头栽了出去。回过神来，我已经腾空飞起了。脑袋有头盔的保护，无甚大碍，否则定是重伤。手臂在混凝土路面上擦破了皮，疼不可言，但只受了这么点轻伤，真是不幸之中的大幸。我周围就有好些人摔得比这惨多了。

遇上这种可怕的事情，哪怕只是一次，人们就会汲取刻骨铭心的教训。许多时候，要想实实在在地掌握什么，肉体的疼痛必不可缺。打那以来，不管我骑车何等疲倦，脸始终都是上仰，前方路上的东西一个都不略过。这么做，当然要折磨我的肌肉。

不出汗。不，汗大概出，但身体承受的风太强，汗水刚刚流出来，立刻就吹干了。口干舌燥。置之不理的话，就会立即出现脱水症状，脑袋也会变得懵懵懂懂。没有水壶就无法骑自行车。一边骑车，一边取下装在自行车上的水壶，迅速地大口喝水，再放回壶夹上，这一连串的动作要训练到能目视前方、流畅自如地完成。

独自一人进行自行车训练相当痛苦。一开始，我对自行车比赛一无所知，便请了一位内行进行个人训练。我和他一起将自行车装进旅行车里，在休息日来到大井码头。休息日的大井码头不会有送货的卡车，围绕着仓库区的宽阔道路就成了绝好的自行车赛道。许多骑车人都集结到这里。设定好时间，规定好圈数，以此为基准骑。还曾和他一起长距离骑车出游,就是出了事故那次。为了备战全程马拉松进行的耗时长久的长跑训练也很孤独,可一人紧搂着车把手,不停地踩动踏板却孤独得变本加厉,因为是没完没了地重复同一个动作。有上坡,有平地,有下坡,有顺风,有逆风。根据这不同的情况,更改变速齿轮,换挡;检查转动圈数,增加负荷,减少负荷;检查转动圈数,喝水;更改变速齿轮,换挡……我时时觉得这就像细致的拷问。铁人三项选手戴夫·斯科特在著作中,说到他刚开始练习自行车的情形:"我觉得这是人类发明的体育项目中最令人不快的玩意儿。"我也这么觉得。

然而在铁人三项赛前的几个月,没有任何道理可讲,得完成这种练习。我一面自暴自弃地哼着布莱恩·亚当斯的《至死都是十八岁》中的叠句,不时地诅咒几句这个世界,一面将脚踏板踩下去,再提拉起来,让双腿记住这转动的速度。毫不客气地吹拂过太平洋的热风,辣乎乎地从我的面颊飞掠而过。

在哈佛大学的任期是到六月末,同时,在剑桥的生活将宣告终了。（山姆·亚当斯的生啤和唐恩都乐的甜甜圈！）收拾好行李在七月初打道回日本。住在剑桥期间，我主要做了些什么事？让我来个告白吧。我购买了大量的密纹唱片。波士顿近旁依然有许多优质的旧唱片店，而且一有机会我就去纽约和缅因州的唱片店。我买的七成左右都是爵士乐，剩下的大体是古典音乐以及一些摇滚。我是个相当，不，非常热衷收集从前的密纹唱片的人。如此之多的唱片要运回日本，真是十分困难。

现在家里究竟存有多少密纹唱片，连我也搞不清楚。我从未数过，也没有去做那种可怕事情的打算。我从十五岁起到现在，购买了数目庞大的唱片，也处理了数目庞大的唱片。进进出出太频繁，实际的数量实在难以把握。它们来了，又去了，总数却不容置疑地在增加。我究竟拥有多少数目的唱片，并非大不了的问题。数目不是了不得的要素。每当别人问我拥有多少唱片时，我只能回答："好像有很多很多，然而还不够。"

斯科特·菲茨杰拉德的《了不起的盖茨比》中登场的有名的马球选手兼大财主汤姆·布坎南说过："世上将马厩改造成车库的人多如牛毛，而将车库改造成马厩的恐怕只有我。"此话并非炫耀,我也在干跟这差不多的事儿。即使拥有了某支乐曲的CD,可一旦发现了品质优良的密纹唱片,我便毫不犹豫地将CD卖掉,留下密纹唱片。同样是密纹唱片,如果发现了音质好接近原版的,我又会毫不犹豫地买进。这颇费时间,费用也不容小觑。恐怕世上许多人都将干这种事的人称作"唱片狂"。

去年(二〇〇五年)十一月,我按照预定计划参加了纽约城市马拉松。那是一个晴朗舒适的秋日,它是如此美丽,简直让人觉得仿佛去世的梅尔·托梅也会飘然现身,倚着三角大钢琴,唱起《纽约的秋日》的主歌来。我和来自世界各地的几万名跑者一起,上午从史丹顿岛的韦拉扎诺海峡大桥出发,穿过布鲁克林(作家玛丽·莫里斯总是守候在这里为我加油),穿过皇后区,跑过好几座大桥,穿过哈林一带,数小时后抵达位于前方四十二公里处的中央公园"绿茵小酒馆"附近的终点。

结果如何?

说老实话,不尽如人意。至少不如我暗自期待的那样令人满意。我也希望将"功夫不负有心人,能在纽约城市马拉松中取得这样的好成绩,乃是平日刻苦训练的结果。冲过终点时,我感动极了"之类气壮山河的话,拿来当作结束语,放在本书的最后。然后伴着雄壮的《洛奇》主题曲,在华美的夕阳下很酷地迈步离去。老实坦白,开跑之前我的确心存这样的期待。要是这样发展该多好!这就是我的 A 计划,多么完美的计划!

然而人生中,事情的发展不会那么尽遂人意。在我们人生的某个时间点,正希求一个一目了然的结论时,家门口响起的咚咚敲门声,往往来自手拿坏消息的送信人。不说"总是如此",然而经验之谈,坏消息远比好消息多。送信人稍稍用手碰碰帽子,似乎面带抱歉的表情,而他递过来的通知却一点也不会因此而改善。这并非送信人的责任,我们不能责怪他,不能用手揪住他的衣领连推带搡。可怜的送信人不过在忠实地执行上头交代的工作。而将那工作交代下来的,对喽,就是我们的老熟人,现实是也。

对我们而言,一个 B 计划便显得大有必要。

比赛前，我以为自己的状态万无一失。养息很充分，膝盖内侧的别扭感也消失了。腿部尤其是腿肚子虽然还残存着疲劳感，但是远未到必须在意的程度。练习计划也顺利地执行了。先如此顺畅地积累练习量再去参赛，一次也不曾有过，因而我心存期待（或说适度的确信），觉得也许能留下一个近年未见的好成绩。接下去，只要将积攒下来的筹码兑换成现金就行了。

在起跑线上，我站在了手持写着"三小时四十五分"的标志牌的领跑者身后。我以为这种成绩完全能争取到，这许是失策。回想起来，如果在开头三十公里跟在"三小时五十五分"的领跑者后边，等到有了反应，觉得今天好像能跑得更好一点，再自然地加速，也许会好些。这种稳健的态度是必要的。然而那时候，却有某种别样的东西从背后推了我一把。"在最炎热的季节，你不是死命地练习了吗？不跑出这样的成绩来还有什么意思。你不是男子汉吗？拼它一拼。"它对我低声耳语，就像在上学路上诱惑匹诺曹的那狡猾的猫和狐狸一样。而且三小时四十五分对我来说，在不久前还是极其平常的成绩。

到二十五公里左右，我还跟得上那位领跑者，可接下去就不行了。承认这一点颇令人懊恼，可我的腿渐渐跑不动了，节奏也一点一点地直线下降。先是被"三小时五十分"的领跑者超越，随后又被"三小时五十五分"的领跑者超越。这是最糟糕的模式。无论如何不能让"四小时"的领跑者超过去。跑过了三区大桥，跑进了上城区通向中央公园的直线道路后，体力稍稍得到了恢复，心里涌出了一丝期待：这下可以挽回局面了吧。然而转机一闪即逝。跑进了公园，来到那条悠长的坡道前，突如其来地，痉挛袭上了右小腿肚。虽然还没厉害到非得驻足停步的程度，可由于肌肉疼痛，只能以步行的速度奔跑。周围的观众大吼"Go! Go!"为我加油，我也非常渴望继续奔跑，但两腿怎么也动弹不得。

由于这种情况，这次用的时间还是稍稍超过了四小时。好歹跑到了底，连续跑完全程马拉松的纪录得到了保持——第二十四次。最低线倒是通过了，心情却不太舒畅："分明制定了如此周密的计划，进行了艰苦卓绝的训练啊！"好似乌云的碎片混入胃里去了一般，怎么也想不通。那么努力了，为什么还会遭受痉挛的袭扰？

事到如今，我并不打算大声宣扬，说什么一切努力都应得到回报，不过，天上如果真有上帝，就把那证据稍稍展示一下又有何妨呢？拥有这么一点爱心又有何妨？

约莫半年之后，二〇〇六年的四月，我参加了波士顿马拉松。我自己规定全程马拉松一年跑一次，可是纽约的成绩让我怎么也想不通，所以决定再跑一次。这次我有意减少了训练量。我曾那么精心细致地进行训练，可在纽约没能跑出希望的成绩，说不定是训练过头的缘故。所以这次我不再制定特别的训练计划，仅比通常略微增加些分量，不再考虑得太复杂，来他个摸着石头过河。姿态不妨酷一些："哼哼，不就是马拉松么，有什么大不了！"看看出现个什么结果。

就这样，我去了波士顿。跑波士顿马拉松，这是第七次，路线大致都在脑子里了。坡道的数目也好，拐角处的情况也好，一个个记得牢牢的，大体知道如何去跑。当然，知道如何去跑，未必一定能跑好。

结果又如何呢？

成绩与纽约马拉松几乎没有差别。这次我接受了纽约的教训，前半程尽量控制发力，跑时注意保持节奏，节省体力。一边眺望四周的风景,一边心情舒畅地沿着路线跑,等待心中涌现出"好啦,开始加速吧"的念头。然而这样的念头始终也没有涌现出来。从三十公里跑向三十五公里,直至翻越所谓的"撕心裂肺坡",一直进展顺利毫无问题。守候在"撕心裂肺坡"为我加油的朋友后来都说:"你看上去特别精神。"我也微笑着挥挥手,跑上了坡道,甚至还想,这样下去,最后来个加速冲刺,没准能跑出个好成绩来。可是,跑过了克里夫兰瑟克尔进入市中心的时候,双腿突然变得沉重。疲惫冷不丁汹涌而至。痉挛虽然没有发作,可波士顿大学桥到终点的几公里,充其量是努力不被周围的跑者甩下太远,加速冲刺根本无从谈起。

当然,全程是跑下来了。在薄薄的阴霾下跑完42.195公里,途中一步也不曾停下,安然冲过了设置在保德信中心前的终点线。身上裹着御寒用的银色薄毯,女志愿者将奖牌挂在我的脖子上。"啊啊,不必再跑下去啦!"老一套的安心照例猛地涌上心头。跑完马拉松,在什么时候都是美妙的体验,都是美好的成就。但这个成绩还是不能令人满意。比赛之后,开怀畅饮山姆·亚当斯生啤一直是我的乐趣,然而这一次不太有那份心情。我觉得似乎连五脏六腑都筋疲力尽了。

"到底怎么了?"等在终点的太太觉得不可理解,"体力看上去并没有衰退呀,训练也蛮充分嘛。"

到底怎么了,连我自己也不明就里。也许原因十分单纯,就是上了年纪。抑或还可以找出别的原因。要不就是什么重大的因素被忽视了。不管如何,眼下只能以"也许、要不"来应对,就像一缕细流无声无息地消失在沙漠之中。

唯有一点,我可以怀着相当的自信做出断言:直至重新获得"好!这次跑得很好"的感觉,今后我将依然毫不气馁、孜孜不倦地参加全程马拉松。只要身体允许,纵然已是老态龙钟,纵然周围的人频频忠告,"村上君,不要再跑了,已经上年纪了",我还是会不以为意地继续跑步。哪怕成绩大幅下降,我也会朝着跑完全程马拉松这个目标,如同从前一样(有时还会超过从前)继续努力。是啊,不管别人说什么,这是我与生俱来的性格,就好似蝎子天生要螫人,蝉天生要死叮着树一般,又好比鲑鱼注定要回到它出生的河流,一对野鸭注定要相互追求一样。

对我而言，对这本书而言，这大概是一个结论。哪儿都没有《洛奇》的主题曲传过来，也看不到理当朝着它走去的夕阳。这结论简直就像雨天用的运动鞋一般朴实无华，人们也许会称之为"虎头蛇尾"。即使有人拿着这个企划去找好莱坞制片人拍电影，他们大概瞄一眼最后一页便不予理睬了。然而我觉得，这样一个结论才与我相配。

并不是有个人跑来找我，劝我"你跑步吧"，我就沿着马路开始跑步。也没有什么人跑来找我，跟我说"你当小说家吧"，我就开始写小说。突然有一天，我出于喜欢开始写小说。又有一天，我出于喜欢开始在马路上跑步。不拘什么，按照喜欢的方式做喜欢的事，我就是这样生活的。纵然受到别人阻止，遭到恶意非难，我都不曾改变。这样一个人，又能向谁索求什么呢？

我仰望天空。能看到一丝一毫的爱心么？不，看不到。只有太平洋上空悠然飘来浮去、无所事事的夏日云朵。云朵永远沉默无语。它们什么都不对我说。或许我不该仰望天空，应当将视线投去我的内部。我试着看向自己的内部，就如同窥视深深的井底。那里可以看到爱心么？不，看不到。看到的只有我的性格。我那个人的、顽固的、缺乏协调性的，每每任性妄为又常常怀疑自己的，哪怕遇到了痛苦也想在其中发现可笑之处的性格。我拎着它，就像拎着一个古旧的旅行包，走过了漫长的历程。我并不是因为喜欢才拎着它。与内容相比，它显得太沉重，外观也不起眼，还到处绽开了线。我只是没有别的东西可拎，无奈才一直拎着它。然而，我心中却对它怀有某种依依不舍的情感。

眼下，我为了迎战十月一日在新潟县村上市举行的铁人三项赛，每日勤奋练习。换言之，我依然拎着那只旧包，向着恐怕更甚的"虎头蛇尾"，向着沉默寡言的巴洛克式的圆熟——表达得更为谦虚点，便是"进化的尽头"——前行。

第九章 / 2006年10月1日
新潟县村上

至少是跑到了最后

记得好像是十六岁的时候,看准了家里人都不在,我站在家里的大镜子前赤身裸体,仔仔细细地打量自己的躯体,一一列出身体上自以为不及常人的部位,比方说眉毛稍稍偏浓呀,指甲的形状难看呀,诸如此类。我记得总共列到了二十七项。这时我感到腻了,于是停了下来,还想,仅仅是查一查躯体上肉眼可及的各个部位,就发现这么多劣于常人的地方,倘如再涉及其他领域,比如说人格呀头脑呀运动能力呀,那可要没完没了了。

诸位恐怕熟知,十六岁是一个让人极不省心的年龄:会一一在意琐细的小事,又无力客观地把握自己的位置;为了微不足道的理由便莫名地扬扬自得,也容易产生自卑感。随着年龄的增长，经历了形形色色的失误，该拾起来的拾起来，该抛弃掉的抛弃掉，才会有这样的认识："缺点和缺陷，如果一样样去数，势将没完没了。可是优点肯定也有一些。我们只能凭着手头现有的东西去面对世界。"

赤身裸体站在镜子前，一一列举自己肉体上的缺点，这颇为悲惨的记忆依然留在我心中。负债居多，进账却根本看不到，这就是我这个人可怜的资产。

四十年的岁月一晃而逝，如今，当我身裹黑色的游泳衣，将泳镜推到头顶，站在海岸边百无聊赖地等待铁人三项赛的发令枪响时，早年的记忆忽然复苏。我再次意识到自己这个容器是何等可怜，何等微不足道。力量不足，破绽百出，丢人现眼，只怕干什么都是徒劳。我马上就要开始一公里半的游泳，四十公里的自行车，十公里的长跑。但这么做来，又会有什么样的结果？不就像往底上穿了孔的破锅子里拼命倒水么？

这天是个无懈可击的好天气，是举行铁人三项赛的绝佳日子。没有风，海面上波澜不兴。太阳将温暖的光线倾洒向大地。气温约为二十三度，水温也无可挑剔。我参加新潟县村上市的铁人三项赛，这是第四次了，以前每一次气象条件都极其恶劣。其中一次还由于海上风浪太大（秋天的日本海瞬息万变），竟然取消了游泳，改为海滩赛跑。即使未到那个程度，寒冷的秋雨也会淅淅沥沥下个不停，要不就是波高浪急，自由泳时呼吸困难，再不就是冷得哆哆嗦嗦地踏着自行车，简直狼狈至极。所以我从东京驱车三百五十多公里驶向新潟的途中，总是在想象最恶劣的气候，做好充分的心理准备：别指望有啥好天气。这好比一种想象训练法。因此我看到如此安静平稳的大海，感觉好像受骗上当一样。不不不，我可不会轻信。也许这不过是表面现象，无法想象的陷阱正在途中等候着我。也许在大海里面，浑身布满毒刺的可恶水母密集成群；也许进入冬眠之前的熊饥肠辘辘，会冲着自行车猛扑上来；也许跑着跑着，性情莫测的雷会落到头顶上；也许金环胡蜂被毫无来由的怒气驱策，会朝着我奔袭而来；也许理应在终点等待着我的太太，发现了我私生活中令人不快的事实（似乎有那么几件）。究竟会发生什么事，无法预测。对这个村上国际铁人三项赛，我是满腹狐疑。

然而此刻，怎么看都是晴空万里。站在向阳处，黑色的橡胶游泳衣变得热乎乎、暖洋洋的。

在我的四周，身穿同样游泳衣的人同样心神不宁地在沙滩上等候着比赛开始。要说不可思议，这委实是不可思议的光景。望上去，同偶然被冲到岸上无人过问、正在等待潮水上涨的可怜水生动物不无相似。其他人似乎沉湎于多少比我积极的思考。也许仅仅是看上去如此。我告诫自己：别再胡思乱想啦。事已至此，唯有一心一意完成比赛。三个来小时什么也别想，只管游泳、只管骑车、只管跑步得了。

怎么比赛还不开始呀？我看了看手表，然而时间只过去一丁点。一旦开始比赛，可就没有闲暇胡思乱想了……

我参加铁人三项赛，长短距离加在一起，这是第六次。不过从二〇〇〇年至二〇〇四年，这四年间我疏远了铁人三项。若问为什么有这样的空白期，则是在二〇〇〇年的村上铁人三项比赛途中，我忽然游不动了，无奈只得弃权。为了从这打击中恢复过来，才花费了许多时间。游不动的原因至今也没有弄明白，我苦思冥想不得其解，连自信也丧失殆尽。因为无论什么样的比赛，中途弃权还是头一次。

我刚才写道："忽然游不动了。"说得准确点，在铁人三项的游泳比赛中受挫，这并非第一次。我不论在泳池里还是在大海里，都可以较轻松地用自由式游长距离。一千五百米一般三十三分钟就能游完。不算太快，但是凭这个节奏，在比赛中完全可以跟得上。我是在海边长大的，也习惯了在海里游泳。一直在游泳池里练习的人，到海里去游泳时常常觉得很难游，感到恐惧。我却不同，在海里游的话，水域又开阔，浮力又大，反而更容易游一些。

然而一到了实际的比赛，不知何故我就游不好了。出场参加夏威夷瓦胡岛的廷曼铁人三项赛时，也没能游出自由式来。我跳入海中正打算奋力游出去，忽然无法呼吸了。我努力想像平素一样扬起脸来呼吸，却不知何故合不上节奏。一旦无法自然地呼吸，恐惧就会支配全身，肌肉变得僵硬，胸口无缘无故地怦怦乱跳，手脚不听使唤，脸不敢沉入水里去。这就是所谓的惊慌失措。廷曼铁人三项的游泳比赛要比普通的赛程短，只有八百米，因此我放弃了自由泳，改用蛙泳渡过了难关。如果是通常赛程为一千五百米的游泳比赛，用蛙泳就无法对付过去了，因为与自由泳相比，花费的时间要多得多，游得距离太长，脚也会疲劳，所以二〇〇〇年的村上铁人三项赛只能恋恋不舍地中途弃权。

弃权之后，我爬上了沙滩，但是这么悄然离去实在太令人懊悔，于是试着再度游了一次同一条线路。当然，别的选手早已从海里游上岸进行自行车比赛了，踪影俱无。我是自个儿在别无他人的大海里游的。这次我毫不费力地游出了自由式，呼吸也能轻松自在，身体也灵活自如。同样的事情，为什么在比赛时就做不到呢？

第一次参加铁人三项赛，起点线是在海里。所谓漂浮出发，即选手们在水中站成一排，听令出发。当时我被旁边的人重重地一连蹬了好几脚。比赛嘛，这也是没办法的事。谁都想抢在别人前边，都想争最短线路。游泳途中，又是被胳膊肘儿撞，又是挨大脚丫子踢，因此不是呛了水，就是泳镜脱落，这种事是家常便饭。不过，也许我首次出场时不承想刚刚出发就连挨重踢，因为惊愕失去了平衡，而且此后每次出发时，这一记忆便会复苏。虽然这个解释不能令人心悦诚服，但比赛时精神因素十分重要。

还有一点，我的游法也许有什么问题。我的自由泳自成一派，从来没经过专家的指点。我并没有觉得不便，也游得自由自在，但泳姿不能说是毫无缺陷，分类的话，应当属于那种比拼力气的类型。我老早就考虑，想正儿八经地参加铁人三项赛，总有一天得改造游法。趁此机会，索性探究一下精神方面的原因，将自由泳的泳姿问题也一并解决。如果弄清了技术上的缺陷在哪里，别的问题或许也可以真相大白。

于是乎，我的铁人三项赛挑战暂且出现了四年的空白期。在此期间，我一如既往地坚持长跑，每年参加一次马拉松比赛。老实说，我的心情并不舒畅。那次铁人三项赛的失败难以忘怀。我一直盼望着有朝一日好好雪耻复仇。我属于比较执拗的性格，假如有什么事情未能做成，就会一直做到成功，否则便抛舍不下，心情也无法平静。

为了改良泳姿,我跟随过几位游泳教练,但没有遇到令我满意的人。世间游得好的大有人在,能巧妙地传授游法的人却不多见。这是我的真实感受。教授小说的写法也很困难(至少我不会),而教授游法之难似乎不亚于它。并不限于游泳和小说,运用陈词滥调、依循陈年老法、教授老生常谈的教师虽然不少,但可以因材施教、对症下药、别出心裁的则为数甚少,几乎没有。

起初的两年,为寻觅教练白费了许多工夫。每跟随一位新教练,泳姿就被百般摆弄,我的游法被搞得乱七八糟,最糟糕的时候连游都不会游了。自信也丧失殆尽,哪里还谈得上去参加比赛。

事情有所进展,是在我觉得"改造泳姿恐怕没有指望了",渐渐失去信心的时候。而帮我找到教练的是我太太。她从不会游泳,但是在前去锻炼的健身馆里,跟从一位年轻的游泳教练,简直就像变了个人,很快便学会了游泳。于是她向我推荐说:"跟着这位老师学学看如何?"

教练先看了一番我是如何游的，又询问我游泳的目的何在。"我想参加铁人三项比赛。"我说道。"那么，学会了在海里游自由式，能游长距离就行了，是吗？"她问道。"是的。短距离的速度我不需要。"我说。"明白啦。目的明确就容易办。"她又道。

就这样，一对一的泳姿改造开始了。话虽如此，并不是将我的游法全面否定，在一无所有的焦土上重起炉灶。我想，与从一张白纸的状态开始教一个不会游泳的人相比，改造一个有了一定游泳能力的人的泳姿，对教师来说难度更高。舍弃业已掌握的不规范泳姿绝非易事。因此她并不是强行全面改造我的泳姿，而是费时费日地一处处为我修正身体细微的运动方式。

此人并不是从一开始就教授教科书式的游法。比如说，为了让我正确掌握身体的左右摆动，先从不做摆动的游法教起。自学自由式游泳的人，每每有摇摆过度的倾向，反而会导致水的阻力增加，降低游速，浪费能量，所以要学会不再左右摆动，像一块平板似的游。她教的是同游泳教科书截然相反的东西。当然，这种游法不可能游得顺畅。我觉得自己仿佛变成了一个极其笨拙的游泳者。但遵照老师教的那样执着地去练习，即便采用这种不合理论、极其笨拙的游法，也能照常游泳。

然后，她开始一点一点地教授身体的左右摆动，很少的一点。就连这时，她也不会谆谆告诫说："这就是身体左右摇摆练习哟！"只是传授一定的身体摆动方式。被教的一方并不清楚这练习的具体意图，仅仅是按照教练说的，孜孜不倦地运动那个部分。比如一味地练习肩膀的转法，执拗地反复，一直练到生厌。时常整整一天只练了肩膀的转动。这相当累人，而且无聊。然而时过境迁回首往日，便会明白："啊哈，原来如此啊！"将部件全部组装起来，显现出了整体，这时方才明白个别部件的机能。就像黑夜过去黎明到来，依稀朦胧的千家万户的屋顶，其形状与色彩鲜明地浮现出来一般。

这也许和练习架子鼓很相似。一连几天只练习低音大鼓的演奏，一连几天光作钹的训练，又一连好几天只练锣……单调而无聊。然而当它们成为一体，就出现了完美的节奏。为了达到那一步，就得执拗而严格地、坚忍不拔地将一个个螺丝钉依次拧紧。当然得费时耗日，但在这种情况下，付出时间是最好的捷径。就这样，着手改造一年半之后，我能以远为漂亮、费力较少的泳姿游长距离了。

在进行游泳训练的过程中，我弄明白了一个问题。我在正式比赛中游自由式时没法顺利呼吸，其实是因为"呼吸过度"。在泳池里游泳的时候出现了完全相同的症状，我才恍然大悟。我在出发前呼吸得过深过快，恐怕是因为比赛前的紧张，急剧地摄取了过量的氧气。在开始游泳后，便呼哧呼哧上气不接下气，呼吸的节奏出现了混乱。

弄清具体的原因，心情轻松了许多。不再引发呼吸过度状态就行了。比赛时，在出发前先跳进海里做做游泳练习，让身体和情绪习惯一下在海里游泳；为了不陷入呼吸过度状态，有节制地减少呼吸；用手掌遮住嘴巴吸气，以防氧气摄取过量。"这下没问题啦，泳姿也改好了，跟以前比是鸟枪换炮啦。"我告诉自己。

于是时隔四年，我再度挑战二〇〇四年的村上铁人三项赛。随着发令枪响，众人一起游将出去，有人一脚踹中了我的侧腹，我大吃一惊："又要不行了吗？"恐惧霎时掠过脑际，呛了一小口水。暂且改游蛙泳么？不过我马上重新振作起来："不用！不必那样。这次肯定不会出问题。"我调整呼吸，再次开始游自由式，将意识集中到如何在水中呼气上，而不是在水上吸气。令人怀念的水流声传入耳中。对了，这就行了。我感觉身体在顺利地逐浪前行。

就这样，我总算克服了出发时的恐慌，完成了铁人三项比赛。由于参赛间隔很长，又无暇顾及自行车的训练，成绩并不值得一提。然而为上次的中途弃权雪耻是我的第一目的，已然达到了。松了一口气。

通过呼吸过度一事，我认识到："我自以为属于挺厚脸皮的一类，出乎意料，还蛮神经质的嘛。"出发前居然那般兴奋，我自己都毫无察觉。不过，我的确是紧张了，跟寻常人一模一样。不论到了多大年龄，只要人还活着，对自己就会有新的发现。不论赤身裸体地在镜子前站立多长时间，都不可能映出人的内面来。

二〇〇六年十月一日，秋高气爽的星期天早晨，九点半，我再度这样站在新潟县村上市的海岸线上，等待着比赛的开始。有些紧张，但注意不陷入呼吸过度状态。慎重起见,再一次点检装备。电脑核对用的脚镯牢牢地套在脚踝上。为了从水中登岸后迅速脱掉游泳衣,周身涂好了凡士林。拉伸运动做得十分仔细。必要的水分也补充好了。厕所也上过了。没有遗忘任何事情,大概是。

这个比赛我参加了好几次,所以也有熟识的面孔。在等待发令期间,便跟这样的人握握手聊聊天。我并不善于与人交往,同铁人三项的选手却能轻松自如地交谈。我们这些人在这个社会中应当算是特殊的人。想想看,选手几乎都有工作有家庭还有生活,还得日复一日地完成游泳、自行车和长跑的训练——是相当剧烈的训练。这些当然要占用时间、耗费精力。以常识来看,这很难说是正经的生活,被视为怪人、奇人,也怪不得别人。即便算不上"连带感"那样了不起的东西,但就像晚春飘荡在山峰间的淡淡的烟霭,我们之间淡然地有一种类似温情和认同的东西。当然,这是比赛,毫无疑问要争夺胜负,不过对于一般的铁人三项选手,说他们参赛是为了争雄夺冠,不如说是确认这种认同感(这烟霭的形状与色彩)的仪式,其意义更为重大。

在这层意义上，村上铁人三项赛可谓非常合适的赛事。参加的人数不是太多，大体是三百到四百人，比赛的运营也不算铺张扬厉，由地方小城市自己动手操办。小城的人们热情地给了声援。没有浮华烦琐的多余之处，那沉稳祥和的气氛十分合我的心意。此外，这和比赛没有直接关系：此地还有水量丰富的温泉，食物非常可口，土酒（尤其是"缔张鹤"）也很美味。前去参加一次比赛，当地的熟人就逐渐增多，还有些人特地从东京赶来为我加油。

九点五十六分，表示比赛开始的铃声拉响，众人一起用自由式游出去。这是最为紧张的一瞬。

我一头扎进水里，双腿打水，两臂划水，将多余的思绪从脑海中驱逐出去，把意识集中到吐气而不是吸气上。心脏怦怦乱跳，把握不好节拍，身体稍稍有些僵硬。照例又有人一脚踹中了我的肩膀，还有人从背后骑到了我身上，就像乌龟背上骑着别的乌龟一样。我因此呛了几口水，不过没多少。不必慌乱，我告诫自己。不能恐慌，要有规律地吸气呼气，这至为重要。一来二往，我感觉身体的紧张一点一点缓解下来。嗯，好像没什么大碍了，照这个势头游下去就行啦。一旦把握住了节奏，只需维持即可。

然而不久（在铁人三项中，这似乎难以避免），未曾想过的麻烦正在等待我。我一边奋力划水一边仰头向前望去，打算确认方向。"哎呀！"前边根本什么都看不见。原来泳镜的一面模糊了，仿佛是钻进了浓雾，世界朦朦胧胧白浊一片。我停了下来，一面踩水，一面用手指使劲擦拭泳镜，还是看不清楚。怎么回事？我用的是平常用惯了的泳镜，边游边观察前方也练习了很久。到底是怎么了？忽然，我想起一桩事情。刚才往身上涂了凡士林，没有洗手，又稀里糊涂地用这手指擦拭了泳镜。真是个不可救药的糊涂蛋！我总是在比赛前蘸着唾沫擦拭泳镜，这样内侧就不会起雾，唯独这次给忘了。

在一千五百米的泳程中，我始终为模糊不清的泳镜烦恼。每每偏离泳道，朝着错误的方向游去，浪费了大量的时间。不时得停下来取下泳镜，踩着水确认前进方向。请想象一下蒙着眼睛去劈西瓜的孩子，也许与那情景相近。

细想起来，当时要是把泳镜取掉就万事大吉了，只管向前游就得了。但当时正在奋力游水，突遇意外事件，不免惊慌失措，脑筋根本转不过来。如此种种，在这次游泳比赛中弄得我手忙脚乱，成绩比预想的要糟糕。就实力而言，应当能游得更快一些，因为我训练得相当卖力。然而我没有弃权，也没有掉队太多，坚持游完了全程，至少在笔直前游的那段时间，还是游得很好。

　　登上沙滩，直奔自行车放置处。这看似简单，却出乎意料地困难：将又紧又窄的游泳衣剥掉，穿上骑行鞋，扣上防护头盔，戴上防风眼镜，咕嘟咕嘟地大口喝完水，来到公路上。机械地做完这一连串的动作，回过神来，刚才还在海里扑通扑通地游泳来着，这会儿却脚踩着踏板，以三十公里的时速向前飞驰。尽管经历了好多次，还是会产生一种奇妙的感觉。重力不相同，速度不一样，手感也不一样，使用的肌肉也大相径庭，好像娃娃鱼一下子进化成了鸵鸟。无论如何，脑筋的转换也做不到这么快，身体也停留在原地未动，跟不上节拍，转瞬之间被七个人超过去。"这样可有点危险呀。"心里尽管明白，可是一直到折返点，我连一个人也没超过。

自行车赛道设在叫作"笹川流"的著名海岸线上，海中处处奇岩耸立，是个风光明媚的好地方，我们却毫无优哉游哉观赏风景的闲暇。从村上市沿着海岸北上，到山形县的县境附近折返回头，沿着同一赛道骑回来。途中虽然有几处上下坡，却不是令人头脑一片空白的险峻坡道。我努力不去介意超越别人或是被别人超越，只管将踏板的转动保持在一定频率，调轻变速齿轮，让双脚实实在在地轮流蹬车。定时伸手去取水壶，简单地补充水分。就这么骑着骑着，原来骑自行车的感觉复苏了。这样大概就没问题了。于是在折返点掉头后，我毅然将变速齿轮比调大了，速度大增，后半程一下子超过了七个人。风不太强，我能猛踩踏板。如果是强风，我这种经验尚浅的自行车手肯定意气消沉。想让强风成为朋友，需要长年累月的经验和相应的技巧。如若没有风，就单纯看脚力了。我以好于预想的速度骑完了四十公里，然后换上了令人怀念的跑鞋，进入最后的长跑比赛。

因为得意忘形，在自行车比赛的后半程用力过度，进入长跑比赛后相当艰苦。在自行车比赛的最后一段节省体力，保存余力进入长跑赛段本是常规做法。可我脑筋转不过来，是以全力以赴的状态一直闯进长跑比赛的。果不其然，两腿不听使唤了。脑子在下令"快跑"，腿部肌肉却抗命不从。虽然在奔跑，却几乎没有奔跑的感觉。

尽管多少存在差异，这却是铁人三项比赛中每次都会发生的现象。自行车比赛中野蛮地使用了一个多小时的肌肉，依然处于"营业状态"，所以长跑所需的肌肉无法顺利地开始工作。这种肌肉的切换需要花些时间。最初的三公里左右，两条腿几乎是闭锁状态，好容易才转入"奔跑状态"，跟平素相比花费了更多的时间。我在三项比赛中最擅长跑步，在长跑比赛中轻而易举就可超过三十来个人，可是这次不行了，只超过了十至十五个人。在自行车比赛中被好些人超越了，这会儿总算做到了持平。长跑成绩不太起眼，令人遗憾，不过强项和弱项的差距减小，整体成绩变得平衡了，这或许说明我渐渐接近了铁人三项选手的体质。这大约是可喜可贺的事吧。

在市民的声援中,我奋力跑过村上市古老而美丽的街道,竭尽全力冲过了终点线。令人兴奋的时光。尽管有过苦痛,有过意外,可一旦冲过终点,一切便一笔勾销。松了一口气,跟那位从自行车比赛开始就一直争持不下、好几度你超我赶、号码为三二九的人微笑着握了手——辛苦啦。在最后阶段我加快了节拍,还差一点点就要超越这个人了,可是差了三米没能赶上。开跑后,鞋带松开了,两度停下来系鞋带,损失了时间。要是没发生这种情况,就肯定超过他了。当然,一切责任都在于比赛前没有仔细检查鞋带的我。

不管怎样,比赛结束了。可喜可贺,我冲过了设在村上市政厅前的终点线。既没有溺水,又没有爆胎,也没被可恶的海蜇蜇,更没受到凶暴的熊袭击,金环胡蜂也没见着,雷劈也没来光顾。守候在终点的太太也没有发现我令人不快的事,而是温顺地为我祝福。啊啊,太好啦!

最让我高兴的是自己从心底享受了这次比赛。成绩并非足以向人夸耀,细微的失误也为数不少,但是我竭尽了全力，身上依然留着这种感觉。而且我觉得在许多方面得到了改善，这难能可贵。所谓铁人三项就是三种竞技合一，每项比赛之间的转换固然困难，却是以经验为主的竞技，可以凭着经验来弥补体力的差距。换言之，从经验中学习，是铁人三项这一竞技的快乐所在、兴味所在。

在肉体上是痛苦的，在精神上，令人沮丧的局面有时也会出现。但"痛苦"对这一运动来说，乃是前提条件般的东西。不伴随着痛苦，还有谁来挑战铁人三项赛和全程马拉松这种费时耗力的运动呢？正因为痛苦，正因为刻意经历这痛苦，我们才能从这个过程中发现自己活着的感觉，至少是发现一部分，才能最终认识到（如果顺利的话）：生存的质量并非成绩、数字和名次之类固定的东西，而是包含于行为中的流动性的东西。

从新潟驱车回东京的途中，遇到了几位汽车顶部装载着自行车、比完赛往家里赶的人。一个个晒得黝黑，一眼望去便知体格健壮，是铁人三项选手的体型。我们结束了初秋周日的小小赛事，将回到各自的家里，回到各自的日常中去。然后为了下一次赛事，在各自的场所一如既往地默默训练。冷眼望去或俯瞰下去，这样的人生可能无常又无益，或者效率极低。那也无可奈何。就算这是往底上漏了个小孔的旧锅子里倒水般的虚妄行径，起码曾经努力过的事实会留存下来。不管有无效能，是否好看，对我们至关重要的东西几乎都是肉眼无法看见，然而用心灵可以感受到的。而且真正有价值的东西，往往通过效率甚低的营生方才获得。即便这是虚妄的行为，也绝不是愚蠢的行为。我如此认为，作为切实的感受，作为经验法则。

这样低效率的营生是否可以维持下去？我自己也不知道，但我不厌其烦、锲而不舍地坚持到了今日，也很愿意尽力坚持下去。正是长距离赛跑培养和塑造了现在的我，或多或少，或好或坏。只要可能，我今后也会跟类似的东西一起逐渐老去、送走人生吧。这恐怕也是一种（虽然不敢说是合情合理的）人生。不如说事到如今，大概也没有别的选择了。

我手握着车子的方向盘，忽然想到了这些。

我今年冬天可能还要去世界的某处，参加一次全程马拉松赛跑。明年夏天恐怕还会到哪儿去挑战铁人三项赛。就这样，季节周而复始，岁月流逝不回，我又增长一岁，恐怕小说又写出了一部。勇敢地面对眼前的难题，全力以赴逐一解决。将意识集中于迈出去的每一步，同时还要以尽可能长的眼光去看待问题，尽可能远地去眺望风景。我毕竟是一个长跑者。

成绩也好，名次也好，外观也好，别人如何评论也好，都不过是次要的问题。对于我这样的跑者，最重要的是用双脚实实在在地跑过一个个终点，让自己无怨无悔：应当尽的力我都尽了，应当忍耐的我都忍耐了。从那些失败和喜悦之中，具体地（如何琐细都没关系）不断汲取教训。并且投入时间投入年月，一次次累积这样的比赛，最终到达一个自己完全接受的境界，抑或无限相近的所在。嗯，这个表达恐怕更为贴切。

假如有我的墓志铭，而且上面的文字可以自己选择，我愿意它是这么写的：

村上春树

作家（兼跑者）

1949—20××

他至少是跑到了最后

此时此刻,这便是我的愿望。

在世界各地的路上

收在这本书里的原稿，正如各章起首处记载的，写于二〇〇五年夏天至二〇〇六年秋天之间。不是那种一气呵成的文章，而是在做其他工作的间隙，抽空一点一滴地写下的。每次我都问自己："啊啊，我到底在思考些什么？"尽管不是太长的书，从动笔到完成也花了相当长的时间，写完后又仔仔细细着手修改。

我出过几本旅行记和随笔集，但如这般围绕一个主题，从正面书写自己，几乎从未有过，所以更需要细心地斟词酌句。我不愿意就自己谈得太多，但该谈的地方如果不诚实地谈，特地写这本书的意义就不复存在了。个中微妙的平衡与兼顾，不搁置一段时间后重读几次，便很难体味到。

我认为这本书是类似"回想录"的东西。虽不是传记那般夸张的玩意儿，但归纳到随笔的名号下似乎也颇勉强。重复前言中写过的话：我是想以"跑步"为媒介，对自己作为一个小说家，同时又是一个"比比皆是的人"，是如何度过这约莫四分之一世纪的，动手进行一番整理。小说家应当在何种程度上固执于小说，又应当将心声公开到何种程度，恐怕因人而异，难以一概而论。我希望通过这本书的写作，寻觅到一个对我而言类似基准的东西。是否成功，我不太有自信。不过写完的时候，我如释重负，心里涌出一缕细细的感触。对于写这样的书而言，现在恰逢人生的最佳时机吧。

匆忙写完这本书，我参加了几场比赛。原本预定二〇〇七年初在日本跑一次全程马拉松，可是到了比赛前，我非常稀罕地感冒了，结果没有跑成。如果跑成了，那将是我第二十六次出赛。结果从二〇〇六年秋至二〇〇七年春，我一次全程马拉松也没跑，赛季便告终结。虽然很有些遗憾，但是在下一个赛季再作努力吧。

不过，五月里我参加了火奴鲁鲁铁人三项赛。这是规模堪比奥运会的大型赛事，但是这一次我愉快而舒畅地顺利跑完了全程，成绩也有所提高。我在火奴鲁鲁住了大约一年，心想机会难得，于是报名参加了当地举办的类似"铁人三项学堂"的活动，每周三次，大致三个月，和火奴鲁鲁的市民一起勤奋练习铁人三项。这项活动的确起到了很大的作用，我还在班级里交到了朋友（"铁友"）。

就这样，寒冷的季节便跑马拉松，夏季里便参加铁人三项赛，这逐渐形成了我的生活循环。由于没有了淡季，任何时候似乎都忙得不可开交，不过我丝毫没有要抱怨人生乐趣增加的意思。

对于振奋精神鼓足勇气去挑战正式的铁人三项大赛，说老实话，我并非没有兴趣，不过心存畏惧，担心真那么干，肯定会被平日的练习占去更多的时间——毫无疑问，势必会对本职工作产生妨碍。没有朝超级马拉松方向发展也是基于相同的理由。坚持体育运动，"调整和增强体力，以写好小说"才是第一目的，假如因为比赛和练习削减了写东西的时间，那便是本末倒置，要感到为难了。于是乎，在现阶段，我还是把自己抑制在较为稳健的范围之内。

就这般,在长达四分之一个世纪里,日日都坚持跑步,各色各样的思绪从心底涌起。

记忆犹新的是一九八四年和作家约翰·欧文一道在中央公园跑步。我那时在翻译他的长篇小说《放熊归山》,到纽约去的时候要求采访他。可是他说:"实在太忙,抽不出时间,不过早晨我在中央公园慢跑,如果来跟我一起跑,可以边跑边谈。"于是我们大清早一同在公园里跑步,谈了很多话。当然无法录音,也无法记录,不过两个人在清新的空气中并肩跑步的愉快记忆却仍旧留在我的脑海里。

也是二十世纪八十年代的事。在东京每天早晨慢跑时,常常与一位美丽的年轻女子交臂而过。一连几年如此,自然而然就熟识了,相遇时便互相微笑致意,然而因为腼腆,始终不曾交谈过,连对方的名字也一无所知。不过每天早上和她相遇,却是当时我小小的喜悦之一。连这么一点小小的喜悦都没有,要每天坚持跑下来可不容易。

和巴塞罗那奥运会的银牌得主有森裕子一起在科罗拉多州博尔德的高地一起跑步,也是长留心中的经历之一。当然是运动量不大的慢跑,但我是从日本直接来到海拔将近三千米的高地,冷不丁就跑步,所以肺发出了悲鸣,脑子昏昏沉沉,嗓子干燥欲裂,怎么也跟不上。有森只是冷冷地看了狼狈的我一眼,说了一句:"村上先生,你怎么啦?"职业选手的世界是非常严酷的,其实她是个很亲切的人。但过了三天,我的身体也渐渐适应了稀薄的空气,能享受在洛基山地爽快地跑步了。

就这样,通过跑步结识形形色色的人,也是我的喜悦之一。此外,还有很多人帮助过我,鼓励过我。本来在这里理应像奥斯卡奖颁奖仪式那样,向众多的人表示谢意,可是如果逐一列举姓名,对大多数读者来说恐怕毫不相干,所以仅限于以下诸位。

我敬爱的作家雷蒙德·卡佛的短篇集的标题"What We Talk About When We Talk About Love",被我用来当作了本书标题的原型。谨向他慷慨地给予许可的夫人苔丝·加拉赫表示谢忱,并向为了本书的完成耐心等待了十多年的编辑冈绿女士表示深深的感谢。

最后,我愿意将这本书献给迄今为止,在世界各地的路上与我交臂而过的所有跑者。如果没有你们,我一定不会如此坚持跑步。

村上春树
2007年8月某日

图书在版编目（CIP）数据

当我谈跑步时，我谈些什么 / （日）村上春树著；施小炜译. -- 海口：南海出版公司，2024.10（2025.7重印）. -- ISBN 978-7-5735-1039-6

Ⅰ . I313.65

中国国家版本馆CIP数据核字第2024TQ5133号

著作权合同登记号　图字：30-2008-144

HASHIRU KOTO NI TSUITE KATARU TOKI NI BOKU NO KATARU KOTO
by Haruki Murakami
Copyright © 2007 Harukimurakami Archival Labyrinth
All rights reserved.
Originally published in Japan by Bungeishunju Ltd., Tokyo.
Chinese (in simplified character only) translation rights arranged with
Harukimurakami Archival Labyrinth, Japan
through THE SAKAI AGENCY, Japan & BARDON CHINESE CREATIVE AGENCY
LIMITED, Hong Kong.

摄影　P1小平尚典　P2-4景山正夫　P5-12松村映三

当我谈跑步时，我谈些什么
〔日〕村上春树 著
施小炜 译

出　　版	南海出版公司　（0898）66568511
	海口市海秀中路51号星华大厦五楼　邮编 570206
发　　行	新经典发行有限公司
	电话（010）68423599　邮箱 editor@readinglife.com
经　　销	新华书店
责任编辑	侯明明
特邀编辑	林俐姮　白　雪
营销编辑	王书传　刘治禹
装帧设计	李照祥
内文制作	田小波
印　　刷	北京盛通印刷股份有限公司
开　　本	787毫米×1092毫米　1/32
印　　张	7
字　　数	100千
版　　次	2024年10月第1版
印　　次	2025年7月第3次印刷
书　　号	ISBN 978-7-5735-1039-6
定　　价	49.00元

版权所有，侵权必究
如有印装质量问题，请发邮件至 zhiliang@readinglife.com